顔面放談

GANMEN
HŌDAN

HIMENO KAORUKO

姫野カオルコ

集英社

CONTENTS

顔面放談

1 顔色をうかがい、顔もうかがう

「顔面相似形」という特集が『週刊文春』では毎年組まれる。20年以上続く大人気コーナーだ。〈人気〉ではなく〈大人気〉と〈大〉を付けるのは、私がこの特集に、20年以上、欠かさず応募し続けてきたからである。

『読売ウィークリー（現在は休刊）』にも「ギャグアップ・顔面」というコーナーがあった（こういう名称ではなかったが、こういう主旨の）。このコーナーにも応募し続けていた。

ほかにも同種の公募を見かければ、投稿していた。カオ助、ルー坊などといった投稿ネームとは別に、住所氏名も添えなくてはならない。これは複数の友人に頼んで借りていた。

姫野姓の人は存外いるので、そんな手間をかけなくてよかったのだが、「もし面識のある編集者が、このコーナーを担当していたら、おやっ、と気づかれて、知り合いの誼《よしみ》で採用してくれるかもしれない」と（甚《はなは》だ自意識過剰で）思った。それは断じていやだった。縁故採用ではなく実力のみで採用されたかったのだ。ど真剣だったのだ。

20年以上、ど真剣に投稿してきた。何回か採用され、賞品（図書券など）ももらってきた。

「ねえ、Aさんて、Bさんとちょっと似てない？」「ああ、そうかしらね」などという、まるで「まだ暑さが残りますすね」「そうですわね」といった無難な挨拶のようなおしゃべりを、地下鉄やジム更衣室やファミリーレストラン等々で、ときに耳にするが、そのたびに聞き捨てならない。

「ううん、ぜんぜん似てないと思う」と、いきなり割って入って異議を唱えたくなる。だれかとだれかが似ていることを、お天気の話題のようにおしゃべりしている人の「似ている」の組合せは、まず、似ていないからだ。

だれかとだれかの顔が似ている。これに気づくことを、私は《発見》と言う。自宅本棚には「似ている人発見」とラベルを貼ったノートがある。

日々の暮らしの中、《発見》すると、すぐこのノートにつけるのだ。外出中はスマホのメモ機能に入力しておき、帰宅後に転記する。

この《発見》における価値は、だれかとだれかの距離が離れているほど、つまり「意外」であればあるほど高い。

「顔面相似形」も「ギャグアップ・顔面」も、この価値観は同じだった。〈だった〉と過去形である。「ギャグアップ・顔面」は雑誌が休刊になったからだが、「顔面相似形」は続行中である。にもかかわらず過去形にする。ここ数年の「顔面相似形」は、価値観が変わってしまったからだ。

ものまね芸にたとえるなら、松村邦洋からコロッケに変わってしまった。

拙宅にはTVがないのでラジオでのみ松村邦洋のものまね芸を聞く。実にそっくりで、笑福亭仁鶴、笑福亭鶴瓶、津川雅彦となると、本人と区別がつかないほど巧《うま》い。阿部寛、貴乃花、堺雅人も巧い。本人の風貌から離れた人のまねをするので「意外」な驚きが手伝って、聞くたびにおそれいりやの鬼子母神だ。TVではこの芸を存分に発揮する場がないようで残念しごく。比してコロッケの芸は、オカシな顔をしてみせる、滑稽な動作をしてみせるという、ものまねとはまた違う芸風である。

コロッケを全国的に有名にした、岩崎宏美のものまね（と、なぜか呼ばれている）芸は、岩崎宏美には少しも似ていない。大勢の人が笑ったのは、コロッケがしてみせる顔、だったのであろう、と言うくらいだから推測で、私にはおもしろさがわからなかったからであるが、人の嗜好は各々である。コロッケの芸風が好きな人はたのしめばよい。「コロッケの芸風に変わった〈顔面相似形〉」が好きな人も。

ただ私は、変わったことで、20年以上の投稿をついにやめてしまった。

話題になった政治家（不祥事で話題になった政治家）とお笑い芸人を似ているこ、と、に、し、て、お笑い芸人にヘアメイクをほどこし、衣装と美術（車や、話題になった場所）もコーディネイトして、カメラマンに撮影させてグラビアで見せる。コロッケと同種の芸風である。これがたのしいと感じる嗜好もあるのだろうが、私が求める、似ている人の《発見》は、殆どなくなってしまった。

＊

Ａ　プーチン（ロシア大統領）とサタンの爪（『月光仮面』）
Ｂ　ポール・モーリア（作曲家）と森村誠一（作家）
Ｃ　初井言榮《はついことえ》と鷲尾《わしお》真知子（共に名助演女優）
Ｄ　石川ひとみと倉田まり子

これらの組合せで、過去に投稿したことがある。いわば妥当なセンであるが、賞品獲得には至らなかった。獲得できなかった理由はよくわかる。

Ａは発見者の数が多かったため。この発見自体はコーナーで採用されている。同じ発見の投稿が多くて抽選にもれた。

ＢとＣは、どちらか一方の（あるいは両方の）、大衆的知名度が、いまいち低い。

Ｄは、投稿時の時点で、消えた芸能人になっていた。

かたや、過去に採用された投稿の例は、

Ｅ　長谷川町子とキム・ヨナ
Ｆ　大橋巨泉とドン小西（ファッションデザイナー）

などである。ＥとＦも理由はわかる。組合せの二人ともが（日本人に）有名＝大衆的知名度が高い。発表のころに、何かで話題になっていた＝タイムリーさ。

投稿を続けて、私は学んだのだ。「顔面相似形」にかぎらず、たんにカフェでのおしゃべりにおいても、「某と某は似ている発見の、大勢にウケる組合せ」の「傾向と対策」を。
G　ナブラチロワ（テニス）と真田広之
H　長谷川一夫とちあきなおみ
これらなど、姉弟（兄妹）のように似ているのだけど、時代的にウケない。だから、だから山中伸弥教授がノーベル賞を受賞された年には、

「これはきっと、顔面相似形コーナーのトップを飾るはず！」

と、絶大なる自信を持って投稿した。
I　山中伸弥教授とタマラ・ド・レンピッカ作『ピエール・ド・モンターの肖像』
タマラ・ド・レンピッカという画家を知らなくても、彼女の作品がわからなくても、画像を横に並べれば、一目瞭然だから、大衆的知名度のハードルはやすやすとクリアできる。そう思った。

ところが落選した。この年の落胆といったらなかった。

豊田真由子議員の秘書に対する言動が話題になった年には、ＴＶを持っていない私も連日、豊田議員の画像を見ることになり、「だれかに似ている。だれだろう、だれかに……」と気になって、とうとう「わかったー！」と《発見》し、それを投稿した。《大発見》レベルと自負

していた。

J 豊田真由子と東野英治郎（『水戸黄門』）

ところが落選した。採用されていたのは豊田真由子と星田英利（元・ほっしゃん。）だった。「似たらへん！」と、その号の『週刊文春』をバンバンと叩き、友人知人に抗議したが、さらに落胆したのは、Jの発見に理解を示してくれる人が少なかったことである。

異性の組合せに、人は、似ているかどうかを観察する前に、まず、とまどってしまう傾向があるようだ。

おかしいではないか。世界的にたいていの親子は、母と長男、父と長女が似る（異性親に似る）。「まあ、ぼっちゃん、ママそっくり」とか「まあ、娘さんはパパそっくり」は、昔からどこでも言われてきたコメントではないか。

落胆を経て、徐々に私はわかってきた。多くの人は、人を見る時、顔の造作を見ていないのだ。雰囲気だけ見ているのだ。

いや、雰囲気すら見ていないかもしれない。髪形と、メガネをかけているかいないか、太めか細めか、丸顔か面長《おもなが》か、これくらいしか見ていないとさえ言っても過言ではない。

ストレートのロングヘアの妙齢女性がいると、たちまち小松菜奈に似ている、仲間由紀恵に似ている、浅野温子《あつこ》に似ている（時代順）。ショートカットでミニスカートをはいていると、たちまち波瑠似、吉瀬美智子似、黛《まゆずみ》ジュン似（世代順）。

やれやれだ。髪形とメガネしか見てない世の中の人々は、もしかしたら「南海キャンディーズの山里亮太と画家の藤田嗣治《つぐはる》は似ている」などととんでもないことさえ言い出しかねない。

ちなみに山里亮太が似ているのは、松田優作だ。このさいついでに、爆笑問題田中と郷ひろみ、007ダニエル・クレイグと脚本家久世光彦《てるひこ》、ゴルフ宮里藍とキャプテンウルトラ、ダルビッシュ有とつみきみほ。

しかし、ほとんど理解してくれる人がいなかったのが、これまでの私の発見人生だった。

＊

人生といえば、私は生れた時から小学校2年まで、いろんな人の家に預けられて育った。親戚ではなく赤の他人の家である。

そのせいなのか、川端康成先生いわくの、人の顔色をうかがう卑《いや》しい性質を身につけた。川端先生は、しかし、同時に、教養も身につけて成長なされたが、私は、人の顔色のほか、顔そのものを、じーっとうかがう癖を身につけた。

実父母は、日中・日米戦争の事情で、遅い結婚をしたので、ひとりっ子である私との年齢差は、親というより祖父母に近かった。

この二親《ふたおや》は、子の外見が気に入らなかったらしく、自分の子の、目鼻口はじめ、肩や足につ

ダニエル・クレイグ
激似
だと思います!!
も
久世光彦

いてもみっともなさを細かに指摘しつつ「あなたはぶさいくです」という旨を、ことあるたびに子に伝えることを、教育方針としていた。

　両親の教育に加えて直情径行型の知人らの御厚情も実を結び、私は、自分の容貌がぶさいくだと心の底から信じて暮らしている。もはや宗教である。改宗したいのだが、ネガティブ信仰は双葉《ふたば》より芳《かんば》しだ。校正の方、たいへんお世話になり、ありがとうございます。この箇所における、「栴檀《せんだん》は双葉より芳し」の諺《ことわざ》の誤用は自嘲です。当章から最終章まで、何卒よろしくお願いいたします。

　さて、高校3年時に芸術クラスに進んだ。公立高校だったが、一クラスだけ、美大と音大を志望する生徒を集めたクラスを、試みに学校側が設けたのだ。

　芸術クラスを選択したのは、カジモド的なる者ほどエスメラルダ的なる存在に焦《こ》がれるような、それこそ芸術的な高尚な屈折心理ではなく、ほかの勉強よりは美術の成績はましだったからという、消極的な動機である。

それでもデッサンに励み、肩から背中にかけてが亀の甲羅のようにコる毎日だった日々を、ほんの一時期ではあるが、いちおう持っている。

デッサンをしつつ、美大ではなく文学部に急に進路変更した。高3の途中で変更するのは、全国的な受験シーンからすれば甘い、エリート大学受験層からすればバカな行為であるが、当時（老女が女子高校生だった、はるか昔の昭和50年代前半）の、田舎の公立高校の牧歌的校風にやさしく守られて、担任の先生からの「さよか」の、ひとことで過ぎた。

三学期は一月半ば。いよいよ各大学で入試がおこなわれる時期となり、生徒は登校しなくてよく、自宅学習となった。

そんな緊張感あふるる時期。

私はのんきに映画ばかり見ていた。

親は子の容貌を貶《けな》すのには躍起になったが、子が映画ばかり見ていることについては何一つ叱らなかった。二人とも勤めに出ていたからだ。

当時、関西地区のＴＶでは、平日の午前中に「邦画劇場」が放映されていた（「邦画劇場」という番組名ではなかったが）。

当時は、音楽も映画も、「西洋のものがかっこいい」とされていた。したがってＴＶで放映される映画番組は、『日曜洋画劇場』に代表されるように、『月曜ロードショー』も『ゴールデン洋画劇場』も『土曜映画劇場』も洋画一辺倒であったから、高3の、この時期まで、私は邦画をしっかり見たことがなかった（小学校に割引券が配られて見に行った怪獣映画は除くとして）。

静かで、石油ストーブが特有のにおいをさせながらぽっぽと燃えている。平日。家にはだれもいない。こんな時に、ふと見た邦画の、なんと新鮮だったことか。

たちまち虜になってしまい、大学入試を控えた一月の平日の朝は、連日、邦画邦画邦画。夢見る年ごろの女子高校生なものだから、見ただけでは終わらず、いちいち、いろんな思いを胸に涌かせるので、それをノートにつけて午後も終わるのだった。

ＴＶで放映されるのだから、当時公開のものではなく、古い作品ばかりである。昭和30年代のものを中心に、40年代前半までのもの。つまり邦画界に活気みなぎるころに作られた映画ばかりなわけだから、おもしろかったのも当然なのである。

こんなしだいで、私は映画（や俳優）についての体験が同世代の人たちと、ずれてしまうようになった。

思えば、夜の映画劇場だって新作ではなく旧作を放映していたのだから、動画配信など想像さえできなかった世代が、映画館に自由に行けない田舎町で育ったら、映画については、自分の世代より上にずれるのである。

預かってくれた幾人かの明治生れの人々、大正生れの両親、これらの大人のもとで育ったことで、充分に古くさい性格に育っているのに、映画をＴＶの映画劇場でしか見られなかった環境が、古くささに輪をかけた。

古くさくずれたことで、そばに話し相手がなく、かつては、さびしい気がしないでもなかったが、インターネットが普及した現在、自分のすぐ周りではなく、全国を見わたせば、そして、世代幅を広くすれば、ずれた人というのは、けっこういるようだ。

ならば、「あ、おれもそうだった」「わたしも、そう」という人が集まれば、それなりに談話の場にもなりましょうと、当章からしばらく、顔や映画の話におつきあいいただきたく存じます。

✦ヒメノ式追伸

宝田明×赤座美代子

『ゴジラ』第一作の主演でありミスコンの司会でお馴染みの彼と、『牡丹燈籠』のお嬢様役から後年はマダム役で活躍の彼女も、兄妹のように似ている。

2 不公平な検索をされている女優No.1

原節子。日本映画史上に輝く女優。美人の代名詞。永遠の処女。

「95歳未満で、年に5本くらい映画を見る」ような人々にとって、原節子はこうした概念にある。いや、こうした概念だけにある。

原節子は1963（昭和38）年に引退し、その後は一切公的な場所に出なかった。大正生れの原の映画を、リアルタイムで、ちゃんと見ていた（幼心に眺めていたのではなく）のは、現在95歳以上であろう。95歳未満の、幅広い年齢層の知人から、私はたびたび聞いたことがある。

「原節子？　名前は知ってるけど、顔はわからない」

との旨の発言を。そして、こう言った人のうち、「どんな顔なの？」と調べた人の多くから、たびたび聞くのだ。

「うーん、そんなに美人かなあ」

との旨の発言を。

なぜこうなるか？　彼らには、冒頭で述べたような概念が先にあったからである。それは彼らに「どんな？　どんな？　どんなに美女なの？」というガチガチの期待をおこさせた。

私もそうだった。

原節子という名前を知ったのは、小学校低学年。母親から聞いた。母親は原節子より3歳年長。私の同級生からいつも、私の祖母だと見られた。故人である。その故人が女学生だったころだから、戦前である。A子さんという女学生が母親のクラスにいたそうだ。

デンマーク体操の後、鏡の前で、ほつれた髪をなでつけていたA子さんは、自分の額が、いわゆる富士額であることを、「ワタシのおでこ、原節子みたいやわぁ」と喜んだ。「そんなに自慢げな口ぶりでもなかった」と母親は言っていたから、おでこが富士額なのだけは気に入っている程度のことだったのだろう。ところが、この発言がもとでA子さんは、女学校で総スカンをくった。

「自称・原節子！」

だと。A子さんと呼ばれず、「あの自称・原節子の人」になったそうだ。

いつの世も女子サロンでおこりそうなエピソードだわねと、大人であれば落ち着いて聞けただろうが、戦後の小学生には、戦前の女子の悪口が、セピア色に怖く、しかもハラセツコという単語が謎で、よけいに怖い。

「ハラセツコて何？」

母親に訊いた。

「そういう名前のきれいな女優さんがいはったんや――」

――現在はもう女優活動はしていない。週刊誌などに写真が出ることはない。こうしたことを、母親は関西弁で教えた。

(たとえに出しただけで同級生全員を敵にまわすような美女とは、どんな顔なのだろう)

どんな？　どんなに？　と小学生は考える。

小2のころの私が、美女と聞いてまっさきに頭に浮かべる顔はトロイのヘレンだった。TV映画劇場で『トロイのヘレン』を見たからだ。

ロッサナ・ポデスタという名前は中学生になって知った。「時計もびっくりして止まるほどの美女」と評されたことも。

次がジニー。毎週『かわいい魔女ジニー』をTVで見ていたので。その次が山本リンダ。

ジニー＝バーバラ・イーデン。エキゾチックメイクをしていたので『奥さまは魔女』のサマンサ役エリザベス・モンゴメリーより美人に見えた。

山本リンダ＝デビュー時は、少女雑誌の表紙モデルふうだった。ウララウララとセクシー衣装で踊るのはカムバック後。

つまり、小学生のとても狭い行動範囲で目にでき、でも非日常的なところにある顔、それが美女と映ったわけである。すぐに画像検索できる現代と違い、私がハラセツコを見るまでには、けっこうな歳月を経ねばならなかった。幼年期における四年は十四年にも感じられるものだ。この間に私は「どんな？　どんなに？」を固めていった。

そして、見た。ハラセツコを。何で見たのか忘れた。昔のことを執念深くおぼえている私が忘れたのは、

「え？　これが？」

と拍子抜けしたからだ。何かがない、どこだどこだと探し回って疲れ、ぺたんとすわりこんだらポケットに入っていたではないかというような拍子抜けの感覚。

ある日ＴＶをつけたら、ある時雑誌を開いたら、そこに原節子が出てきたのであったら、「あら、きれいな人」と思ったはずである。

さらに、現代人は、原節子に対してだけ、ほかの女優よりも厳しい条件を与え続けている。インターネットで検索すると、上位に挙がるのは、「名作とされている」映画の画面やスチール写真やポスターであるから、圧倒的に小津安二郎監督『晩春』『麦秋』『東京物語』と、今井正監督『青い山脈』が挙がる。これらはアラウンド１９５０年の作品である。原節子はアラ30歳（アラサー）だった。

年齢は、物価と同じで、時代換算をしなくてはならない。たとえば赤木圭一郎と近藤真彦（ともに車好き）を比べてほしい。昭和30年代の20歳と、昭和50年代の20歳では、「みかけ」が、まるで大人と子供のようにちがう。かつては１００万円あったら世界一周旅行ができて、25歳はお肌の曲がり角だった。昭和30年における30歳を、時代換算すれば、現代の42歳くらいであ

ろう。

ということは、現代人は、

「20代の橋本環奈や小松菜奈や広瀬すず等と、40代の米倉涼子や篠原涼子や松嶋菜々子等の、容色だけを比べる」

ようなことを、原節子に対しては、常におこなっているのである。

しかも、現在40代の宮沢りえや広末涼子や菅野美穂は、デビューが早く、有名になったのも早いから、検索結果画面には10代のころの画像や動画がたくさん出てくる。

かたや原節子は？　10代時出演のアーノルド・ファンク監督の『新しき土』や、20代前半の資生堂のキャンペーンに起用されたころの画像は、パッとは出てこない。

「伝説の美女」「永遠の処女」などというフレーズを聞いた大衆は、20歳くらいの美人女優を無意識に予想して検索し、その結果、時代換算42歳の原節子を、はじめて、見るのである。これは不公平というものだ。

なのに、不公平な条件下での検索をしたことに気づかず、「うーん、そんなに美人かなあ」と心中で吐くのだ。しかも、映画そのものは見ない。女優は、作品の中で動いて話してこそのものなのに。

これでは、いくらなんでも節っちゃんの立つ瀬がない。せめて【新しき土　原節子】【原節子　魂《たま》を投げろ】で検索してあげて。

＊

そこで、『麦秋』である（『晩春』は生理的に嫌い）。

定規とコンパスと分度器を用いて描いたかのような、正確な計測に基づいて作ったかのようなフォルムの外見の人を、「整人」と造語で呼んでいるのだが、『麦秋』の原節子は、時代換算42歳時で、「整人」的ピークは（ずいぶん）過ぎている。日常を描く小津安二郎の映画であるから、豪華な着物姿もなければ、肩や背中のあいたイブニングドレス姿もない。敗戦後まもない日本人の（令和からすればダサい）ヘアスタイルと普段着、しばしばエプロンがけや、洋服に下駄といった『じゃりン子チエ』ばりのいでたちで画面に現れる。

しかも小津安二郎だから、「このヒトは後背位が好みだったのだろうか？」と、紳士淑女は日記に書くだけにとどめてSNSに投稿したりしない、憚《はばか》りある感想を抱かずにはいられない、お尻が目立つアングル頻出のため、現代人には太って見えるシーンがよく出る。黄金時代の日活が、北原三枝や南田洋子を「イカす」ように撮ったカメラワークは『麦秋』にはいっさいない。ほっそりとした八頭身の三宅邦子すら下半身デブに見えかねない、尻強調の布団の打ち直しシーンまであるほどだ。

現代人から常に不公平な検索を受けている原節子を、また不利にする『麦秋』なのである。

不利はさらに続く。

『麦秋』は、ある一家を描いているから、ホームドラマと分類してもよい内容である。だが、木下恵介や田坂具隆《ともたか》の映画や橋田壽賀子のTVドラマのような「すじ」はない。「悔しい・頑張る・勝つ・高揚の涙」のハリウッド式起承転結の映画しか見たことのない人などには、意味がわからない。

畳があって、家の人がすわっていて、駅のホームで電車を待って、道や浜辺を歩いて……。動きとしたら、これくらいしかない。なんと不利。

「小津安二郎は黒澤明と並ぶ、日本を代表する世界的に有名な映画監督」という情報のもと、「どんな？　どんなに感動する映画？」とガチガチに期待して見た人に、「うーん、そんなに名作なのかなあ」という感想を抱かせる確率がバツグンに高くなる。そして、そう感じたとしても、まちがっていない。

『麦秋』は、「修学旅行で行く寺」なのである。法隆寺とか銀閣寺とか龍安寺とか。朝起きて前髪がカッコよくキマっているか、どうすると異性に気に入られるか、ムラムラ、イライラ、ドキドキ。こうしたエレメントが充満している年齢、いや、こうしたエレメントだけで暮らしている年齢の人間に、五重塔だの向月台だの石庭だのに、どうジーンと侘《わ》びて寂《さ》びろというのか。一晩に三回だって射精できる活力に悩んでいる時に。

私が『麦秋』を、通しでちゃんと見たのは、幸いにもこうした時期をすこし過ぎた大学生になってからであったが、それでも修学旅行であった。

オープニングにしみじみとした音楽が流れ、しみじみと画面が展開してゆき、終わる。「なるほどー」と思って京橋のフィルムセンターを出たものだった。「なるほど、これが東京タワー（原宿、国会議事堂など）か」というのと同様の、確認する鑑賞だった。あの感慨は、もしかしたら、映画を自由に見られなかった田舎町育ちが、上京して、フィルムセンターなる宝の山に自由に来られるようになったことへの感慨だったかもしれない。

30代半ばと40代初めにも見た。二度ほど見た。この時は落ち着いて見た。撮影や脚本や、同時代の映画との比較といった、研究するような視点で見た。

そして一昨年、還暦を過ぎて見た。コロナ禍で動画配信のサブスクに入会したら、無料で見られる中に入っていたので見た。

タイトルとスタッフキャストロールのあとすぐ、菅井一郎演ずるお父さんが、鳥籠を手入れしているところから映画は始まる。

この鳥籠を見たとたん、いきなり涙があふれだし、自分でおどろいた。鳥籠がていねいな木工であることに気づき、涙があふれたのである。

このあとも、あらゆるシーンで、涙があふれ、終わった時には、修学旅行で行った寺がつまらなかった男子中高生のベッド周りのような紙屑状態が、PC画面の前にできていた。

涙の理由は、懐かしさではない。さすがに1951年の、まだ自分が生れていない時分の鎌倉や丸の内なんか知らん。『麦秋』がなぜ泣かせるか?

もう失ってしまった多くのものの、失ってしまう寸前を、淡々と見せてくるからだ。

それらは、あたりまえのこととして持っていた。試しにそれらを、それらのすべてではないけれど、両手で掬《すく》ってみた。一瞬、掬えるが、指のあいだからこぼれてゆき、なくなる。

『麦秋』という映画は、掬った一瞬だけをとらえている。それが□□□にはわからない。
□□□に入ることばは、たとえば60歳以下、たとえば重い病に侵されたことのない人、そして、この映画の公開時なら、戦火を体験しなかった人。
□□□がわからないのは、死が架空だからである。顔を洗うだの、ごはんをよそうだの、ケーキが高いだの、だれと結婚するだの、電車で勤め先に行くだの、あたりまえのこととして持っているが、それらはすべて、やがて失われることを、まるで知らずに持っている。
父親に叱られた小学生兄弟が歩く海辺のシーンで、道に沿った柵が映っている。柵には、かつては横に嵌《は》まっていただろう鉄の棒が無い。みな無い。戦中に軍に回収されたのだろう。やがて失われることを、太平洋戦争が始まる前の人々もまた、まるで知らなかったのである。

やがて失うものを掬ってみた、その一瞬を映したのが『麦秋』で、だから、死がそろそろ具体的になってきた年齢になると、この映画に映る、あたりまえの、どうでもよいようなことが、あたりまえでどうでもよいようなことだからこそ、しみじみと美しく輝き、泣けるのである。

この美しい映画の玉に瑕《きず》となっているのは、かつての女学校同級生同士が既婚未婚で分かれておしゃべりに花を咲かせたり、秋田弁をものまねするシーンであるが、この無駄に長いガールズトークでさえ、見てから一週間もすると、あんなしょうもないおしゃべりをする時間が日常的にあったのは、学校へ行っている年齢のころだけだったのだと気づく。失ったゆえに気づける。

だから、いくつかの映画サイトやブログに投稿されている、（おそらく）若者からであろう「つまらなかった」旨のアンチレビューにさえ、もう自分が失ってしまった、修学旅行で寺に行かされた時間を思い出さされ、ほほえんでしまうのである。

そのアンチレビューの若者が、感動した映画として『タイタニック』を1位に、『ショーシャンクの空に』を2位に挙げているのを見ると、「そうね、そうね」と頭をなでてあげたくなり、また泣けるのである。

原節子がこの映画で見せるのは、よって、「整人」的なきれいさではない。彼女は、この映画の、ただ一エレメントとして画面の中にいる。

公開時にこの映画を見た人々は、失うと想像だにせず、多くのものを失った人たちだった。さぞや原節子は美しかっただろう。麦秋の季節のように。

そして敗戦78年を経て、この映画を見る私は、やはり泣ける。地球温暖化で、もはや麦秋という季節は失われてしまったことに。なのに、フィルムの中にだけとどまっている日本の美しさに。

3 サラリンとオロナイン

前述したように、外見のフォルムが整っている人のことを、私は「整人」と呼んでいる。何十年も前に発案した造語だ。まるで普及しないので、一人さびしく使っている。

語法例を示そう。〈オードリー・ヘプバーンはとってもキュートだけど、整人という点ではエリノア・パーカーの勝ちだわ〉〈石原裕次郎はイカすと言われて時代を作ったスターだが、顔自体は笠智衆《りゅうちしゅう》のほうがはるかに整人だ〉。このように用いる。

前章で『麦秋』の話をしたが、この映画には原節子の兄嫁役で、三宅邦子が出ている。原節子よりも三宅邦子のほうが整人である。

プロポーションがよく、目鼻口の造作が整っている。鼻が天上フレグランス（天界の人のような雰囲気の意）だ。

鼻というのは、額が一旦くぼんで、そこからついている、というか隆起している。「ギリシア鼻」と呼ばれる鼻は、この、一旦のくぼみがなく、額からそのまま鼻が始まる。

ルーブル美術館に置かれたギリシア彫刻のようなギリシア人は滅んでしまった。異民族侵攻と混血の歴史を経た、現在のギリシア国におけるギリシア鼻の人のパーセンテージについては専門家にまかせるとして、とまれ、紀元前のこの鼻を、ロッサナ・ポデスタ（『トロイのヘレン』）、フランソワーズ・ロゼー（『ミモザ館』）、マドンナ（『ライク・ア・ヴァージン』）などの顔に想《おも》うのである。天上の神々しさを醸《かも》す鼻である（パーソナリティは除外。形として）。

日本人で、この鼻の人は、いわゆる美人女優としてランクインする人にも、いないのではないか。たっぷりヒアルロン酸注入整形をしたとしても、もとの人種が異なるのだから。

ただ、雰囲気的なギリシア鼻……、大和民族のわりには、額からの、一旦のくぼみが浅めの人なら、少ないが、いる。

その少ない一人が三宅邦子である（それに高峰三枝子、東山千栄子など）。

旧ムービーを見ない人には三宅邦子の名前を聞いても顔が浮かばないだろうが、では、アニメ『巨人の星』を見ていた人なら、「サラリンのCMの人」と言えば、思い出してもらえるか？

旧ムービー＝'89（昭和末年）以前の映画、古典ムービー＝太平洋戦争前の映画と、本書では分類。

大塚製薬は「サラリン錠」という便秘薬を出していた。現在は「新サラリン」という製品名のようだ。

『巨人の星』は大塚製薬の一社提供だった。メガネの大村崑《こん》が「オロナミンCは小さな巨人です」と言うCMが、「なら、巨人軍は大きなオロナミンCなのか」と茶化されていたのもノスタルジックなあのころ、星飛雄馬の苦悩顔のあと、「オロナミンC」のCMのほかに「サラリン錠」のＣＭもよく入った。

出る煙の状態がちがう三本のエントツのアニメを前に、シックな着物姿で錠剤瓶を手にして薬を勧めてくるのが三宅邦子だった。

ある日、わが家を訪れた、大人の女の人二名。このＣＭを見て、「便秘の薬の宣伝するて、ちょっといややないやろか」「そやなあ、三宅邦子、女優さんやのになあ」と、客同士でしゃべるのを聞き、小学生の私は三宅邦子という名前をおぼえたのだ。

つい今、調べたら、『巨人の星』の放映期間の三宅邦子は51〜55歳。石田ゆり子、原田知世と同じで、小泉今日子や山口智子より年下である。

が、前章で話したとおり、年齢は時代換算せねばならない。「サラリン錠」のＣＭ時に三宅邦子は時代換算63〜67歳。加えて、対象を見る側の印象もある。

38歳の綾瀬はるかは、年金を受給している世代からは、女学生とさして変わらぬだろうし、小学1年生からは「おばちゃん」だろう。38歳の綾瀬が「おばちゃん」なら、三宅邦子は時代換算63歳で、しかも着物姿だから、さらに年を取って見えていた。

それが急に若返った。朝丘さんのお母さんを演《や》ったのだ。朝丘さんとは、朝丘ユミ。『巨人の星』から約1年半遅れて始まった『サインはＶ』のヒロイン名だ。少女漫画がドラマ化されることは、当時は珍しく、そのうれしさから『サインはＶ』を見る。ヒロインにも、そのお母さんにも親愛の情を抱く。と、一気に若返った。

朝丘さんは母子家庭。お母さんが造花をこしらえて生計をたてていた。畳敷きの茶の間。14型とおぼしき脚付の白黒TVで、いつも娘のバレーボールの試合を応援するお母さん。

ある試合で、相手チームの椿麻理（花形満に相当するキャラ）が挙手して審判に異議を唱える。審判は彼女のファウルを見逃していたのだから、黙っていれば有利だったのを正直に言ったのだ。

「立派だわ、麻理さん……」

TVの前で、お着物姿のお母さんはおっしゃる。その声はすっきりとよく通り、畳に正座する姿勢もすっきりとして、このシーンは私に三宅邦子を強く印象づけた。

「お上品だわ、邦子さん……」

旧ムービーに出てくるご婦人がたは、みなさん、だいたいお上品であるが、三宅邦子の場合、やはり、あの額からの鼻のつきかたに依るところが大きい。

生家はさいたま市にある料亭『ふな又』。鰻の蒲焼で有名なお店は現在も営業中だそうで、三宅邦子のイメージで、お料理の味もお上品にちがいないと思えてくる。

TVのグルメ番組で紹介してほしい。その時には、リポーターには、ぜひぜひ「ナイツ」左側の塙宣之《はなわのぶゆき》を！

ナイツ塙と三宅邦子。

顔面相似形、強力な組合せだ。1章で「意外なそっくりさんを見つけることを《発見》と呼んでいる」との旨、述べたが、ナイツ塙と三宅邦子は、令和5年現在、筆者自信の『週刊文春』未投稿の《発見》である。

＊

大塚製薬といえば大塚グループ。そのホーロー看板は昭和アンティークとして、お宝扱いとなっている。崑ちゃんの「オロナミンC」はじめ、水原弘の「ハイアース」、由美かおるの「アース渦巻」、琴姫（松山容子）の「ボンカレー」、そして、待ってました浪花《なにわ》千栄子の「オロナイン軟膏」。

本名の、南口《なんこう》キクノ、が、軟膏効くの、に響くということで起用されたのは、（かつては）有名だった。

消化管出血により1973年に、急死に近い形で66歳で亡くなったため、浪花千栄子という名前は、しばらくの期間、非有名だった。

それが、NHK朝ドラの主人公となることで、ふたたび有名になったのはよかった。名前というものは、芸能芸文に携わるなら（詩人でも漫画家でも）、知られないより知られたほうがよい。

拙宅にはTVがないので『おちょやん』は見ていないが、清く正しく元気が方針のNHK朝ドラなので、浪花千栄子の自伝のようには作られていなかったのではないかと想像する。

浪花千栄子の自伝を読んだのは、21世紀に入ってからだった。旧ムービーを見るうち、すっかり浪花千栄子のファンになり、六芸書房という出版社から1965年に自伝が出ていると知り、買おうとしたら絶版。たまたま近所の図書館の保管庫にあるとわかり読んだ。『水のように』と題されたこの自伝は、NHK朝ドラ効果で朝日新聞出版から復刊された。こうしたことで絶版本が復刊されるのも、よかったことだ。

『水のように』は、萩原葉子『蕁麻《いらくさ》の家』ばりの苦労の幼少・少女期が語られる自伝である。自伝は、葛藤があればあるほど、NHK朝ドラ向きではなくなる。『おちょやん』が、「浪花千栄子の自伝のようには作られていなかったのではないかと想像する」と先に言ったのは、これが理由だ。

しかしまた、NHK朝ドラで初めて浪花千栄子という女優を知ったヤングな方がイメージした浪花千栄子と、リアルタイムで浪花千栄子を知っていたオールドな方がイメージしていた浪花千栄子は、ほぼ同じだったのではないかとも想像する。というのは、リアルタイムで浪花千栄子を知っていた世代も、大半は、TVドラマで演ずる役柄と本人を同一視していただろうからだ。現代よりも、当時の人々のほうが素直にTVを信じていた。

TVは一家に一台、録画はできず、その時間にその場所にいる者が見た。学校や職場にいる時間には見られないから、必然的に家族そろって見る機会が大半で、したがって、家族そろってたのしめる、つまりNHK朝ドラ的な番組の視聴率が高かった。

そんな健全な人気番組によく出て、三枚目のお母ちゃんの役どころを引き受けていたのが浪花千栄子だったのだ。

三枚目は、もとは女優には使わなかったが、現在は、俳優は女優も含めるので使う。

ゆえに、自伝を読むと、

「こんなにつらい幼少時代を送った人だったのか！」

とパンチをくらう。つらかった未成年期を綴った自伝は、世にいくつもあるが、『蕁麻の家』ばりと、萩原葉子と並べたのは、『蕁麻の家』も朔太郎のお嬢さんとして優雅に育ったのだろうと人が漠然とイメージするのとは正反対の内容で、「落差」という点で引き合いに出したのだった。

で、また客人が、ある日、わが家を訪れた。その人は、父親から勧められた酒を飲んでフレンドリーになり、台所から酒席卓へ肴《さかな》を運んできた小学生の私に話しかけてきた。

「この人、知ってるか？」

と、ＴＶ画面を指さす。

「浪花千栄子」

私は答える。「オロナイン軟膏」のＣＭは、「浪花千栄子でございます」と、まず名乗ってから効用を説明する流れだった。

「そや、この人な……」客人は続けた。「知ってるか？　この人な、字《じぃ》が読めへんのやて。そ

やさかい、劇に出るときは、ぜんぶ、台本を読んでもろておぼえはるんやて」

浪花がＴＶでレギュラー出演が増えたころには、もう読めるようになっていたはずだから、少女時代のころのことを、客人はどこかで見聞きして、現在進行形だと思っていたのかもしれない。

「へえ」

私は感心した。音（声）で聞いて暗記するほうが、文を見て読んで暗記するより難しいだろうにと思ったからだ。が、なぜ字が読めなかったのか、その事情まで思いをめぐらせられなかったのは所詮は小学生だった。

事情を知るのは、世紀も変わった後年、『水のように』を読んでからである。貧しさゆえに学校に行かせてもらえず、十《とお》になる前より、道頓堀の仕出し料理屋でこきつかわれ、包み紙として使った古新聞などを便所に持ち込んで、こつこつと字

をおぼえていったことなどが綴られていた。

陽気、三枚目、笑わせる、そんなイメージの浪花千栄子だったから、その落差にパンチをくらった。

浪花千栄子のイメージが、飯田蝶子、ミヤコ蝶々とかぶってしまう人も少なくないだろうが、年齢順に、飯田→浪花→ミヤコである。年齢差が各々約10歳。よって活動期のピークと活動場所が微妙にずれる。役どころも微妙にちがう。

浪花千栄子は、なんといっても、ことばづかいがきわだつ女優だ。俳優ではなく女優と言うのは、実に女らしい、たおやかなことばづかいだからである。

関西弁にもいろいろある。関所があって交通が不便だった江戸時代以前は、大阪や京都や奈良といった地域によって歴然と差があったろうが、現在は地域差よりも、環境差が大きい。

東京や神奈川や千葉の関東弁も、都や県による地域差ではなく、各人の家庭環境（市役所勤めの家、酒屋さんの家、神主さんの家、等々）の差によるほうが大きい。

よって声を大にするが、TVで上方芸人がしゃべっているのは、関西弁というより、いわば「吉本弁」である。

浪花千栄子は、（今でいうなら）小2から道頓堀の料理屋で奉公をし、中2から京都に移り、京都で女給として働き、高卒で京都の映画会社に入った。大阪の松竹系の演劇一座の一員になったのは、大卒時である。

道頓堀では下女中《しも》としてこきつかわれていたから、人と話す機会はそうなかったと推測される。中高生年齢時での女給時代のほうが客と話さないとならない。字が読めなかった千栄子なのだ。全身を耳にしてことばを学んだだろう。つまり基礎言語学習の場所が、大正時代の、京都の、お客様を相手にする店、なのだ。

となれば結果は？　京都式のソフトタッチてんこ盛りの、お客さんに失礼なきようにと命じられた丁寧さてんこ盛りの、さらに、戦前のジェンダー意識てんこ盛りの、ことばづかいになるのも自然というものだ。

お茶の間向きのTVを見ていただけの子供のころにはわからなかったが、大人になって映画を見ると、「いやあ、なんちゅう女らしいしゃべり方やろ」としびれる。

溝口健二監督『祇園囃子《ぎおんばやし》』の茶屋の女将《おかみ》役などは、そのはんなりさが逆に怖い貫禄を出していたし、豊田四郎監督『憂愁平野』の旧家のお母様役もおっとりと頼りなげでよかったが、田中徳三監督『悪名』での陰の大番長（こんな言い方ではもうわからないか、ラスボスのこと）役では、「逆らったら恐ろしい仕打ちをされる」と強面《こわもて》の勝新太郎も怯える姐御《あねご》役。いったいどんな仕打ちと構えていたら、いざラストで、杖で叩くという、ほとんど高橋留美子『うる星やつら』のおスイカ様のたたりレベルの仕打ち。それを、あのことばづかいで演ってくれるのだから、笑ってしまった。なんてかわいい陰の大番長。

個人的にイチオシの見ものは、田中絹代が監督した、女囚をテーマにした『女ばかりの夜』

だ。年取った厚化粧のお下げ髪の売春婦役で、更生寮同室の春川ますみに怒鳴られて、キャーとすみっこに逃げる。この時、「そやな、あかんな」と言う。推測だがアドリブではないか。絶妙の間合いで、絶妙の声量で「そやな、あかんな」だ。ほんのワンカットながら、このワンカットのために、この映画を見てもソンしない価値がある（「そやな、あかへんな」だったかも）。

さて、三宅邦子の実家が、鰻の蒲焼を出す老舗料亭であると前半で言った。浪花千栄子が女中奉公していた料理屋も……、というか道頓堀という所が鰻の名産地だった。「水がきれいなので、道頓堀の鰻はおいしいと評判だったのです」みたいなことが、浪花の自伝に書いてあり、今の道頓堀からはとうてい信じられず、これにもパンチをくらった。

というわけで、浪花千栄子と三宅邦子、オロナイン軟膏とサラリン錠の大塚姉妹は、鰻姉妹でもあった。

4 岩下志麻の正三角形

スマホに《ガラスの部屋》と入力。《動画》を選んで検索。曲が流れてきたら、←を朗読。

《レイモンド・ラブロックです。ヒロシさん、怨むとです。ぼくを日本のアイドルにした映画の音楽は、今ではすっかりあなたのテーマとなったとです……》

当時を知る方々は、「げに」とうち泣きてくださるであろう。レイモンド（レイ）・ラブロックがすでに、2017年67歳没と知ればさらに。

ローマ生れの彼は、大牟田市にヒロシが生れる前年に森永製菓のCMに出るほど、日本で人気があった。わが集英社『別冊セブンティーン』のグラビアにもたびたび登場した。

『ガラスの部屋』は、一人の女子学生が二人の若者から同時に愛され、悩んだ結果、三人でセックスするらしい。見てはいない。雑誌からの知識だ。

この映画における女1男2のセックスを、当時のティーン雑誌では「3P」と表現せず「愛の聖三角形」と表現していた。「正」では（おためごかしが）まだ弱い。「聖」を代入して、夢見る乙女の「嫌ッ、フケツっ」を軽減しようとした、涙ぐましい工夫に免じて、みなさん、お手元に三角形を四つ描いていただけまいか。フリーハンドでよい。
(A) 直角三角形
(B) 正三角形
(C) Aの、直角のところを80度に変えた三角形
(D) Aの、直角のところを100度に変えた三角形

ヒトの顔を横から見ると、鼻というのはだいたいA〜Dのバリエーションである。殆どがCで、Aは前章、話に出たギリシア鼻の、Dはワシ鼻のバリエーション。A〜Dみな、高さ、先端の丸み尖り等々、細部は各人ごと様々。

鼻は、概ね額からいったん凹んで隆起するが、「いったんの凹み」がゼロ（に等しい）のが古代ギリシア彫刻に見るギリシア鼻だ。

「いったんの凹み」がややあって、そこから、それはそれは美しい直角三角形を形成しているのが、ちょうどラブロックと同じ時期に、彼よりもはるかに人気絶大だったオリヴィア・ハシー（アルゼンチン生れ、当時の『スクリーン』誌表記）の顔である。

とはいえ、今回注目するのは、正三角形のB鼻だ。

日本人でこの鼻の場合、「いったんの凹み」が深いほうが、ジュエリー連盟的な団体の主催などで「横顔のきれいな人」に選ばれたりする。「いったんの凹み」の作用で、きれいな正三角形になるからだ。

たとえば、吉田羊《よう》、小西真奈美、清水美砂、岩下志麻様、松山ケンイチ、西島秀俊、菅田将暉《すだまさき》、芸能人以外では野田聖子議員（小渕優子議員はB＋D）。

一人だけ「様」を付けたので予想がつくと思うが、ここは岩下志麻様に代表になっていただく。

というのは、低く丸い鼻にシリコンの人工鼻柱を挿入する方式の、現在では比較的簡単な美容整形手術をすると、きれいなB鼻に仕上がるし、手術までせずとも、現在はゲル状の何かを注入する美容法が普及したので、これを施すと、ビフォア／アフターで凹みが違ってくる。

岩下志麻が20〜30代だった時代には、手術は現在より大変だっただろうし、安全な注射美容法もなかったし、なにより、スクリーンで見る俳優のお父様（野々村潔）も従兄弟たち（河原崎長一郎、河原崎次郎、河原崎建三）も、血脈を示して全員が同形のB鼻である。養殖ではなく天然の証明であり、美形B鼻の代表にふさわしい。

＊

小5より私は、「ザ・女優」中でもとびきりの、「ザザ・女優」とでもお呼び申し上げたい志麻様の大ファンだった。山本富士子だとか吉永小百合だとか松坂慶子だとか、「ザ・女優」というと必ず、「演技はダメ。何をやっても□□□□（名前）でしかない。ずっと□□□□を演じているだけ」という「お決まりの批判」をする人がいるが、『ガラスの部屋』を流して、ヒロシに叫んでもらいたいとです。

「そうでなくてはスターになれんばい！」

と。片岡千恵蔵、長谷川一夫、高倉健、松田優作、木村拓哉等々、みなさん、なにをやっても□□□□だからこそ、スターになれたのである。

笠智衆、浦辺粂子《くめこ》、伊藤雄之助、樹木希林、桃井かおり、大竹しのぶ等々、「存在感がすごい」という「お決まりの称賛」がつく「個性派」だって、何をやっても□□□□だからこそ、個性派部門のスターになれたのである。

スターというのは燦然と輝き続けていなくてはならない。北極星、南十字星なのであるから、映画に出るごとに「どこ？　どこにいるの？」と観客が探さないとならないようでは困る。大衆はメンドウなことは大嫌いなのだ。

ふたたびヒロシのように怨めしく繰り返す。「ラブロック時代の田舎町の中学生は、自由に映画は見られんかったとです。スターはＴＶで見るしかなかったとです」。

そのＴＶも、陰気なわが家においては、チャンネルは強権の家長だけが選べた。子供は家の中では最下位。おこぼれで見る。よって、強権の家長不在時（ＴＶの置いてある部屋にいない時）にだけ、自分で選べた。

こうした貴重な機会に見たのが（見られたのが）、『戦国艶物語』と『風の中の女』だ。

『戦国…』＝市、淀、千の戦国の三女性を描く。岩下志麻は淀君。因《ちなみ》に、秀吉が三國連太郎、秀頼が田村正和。

『風の中…』＝『アンナ・カレーニナ』を下敷きにして、昭和10年代の日本に置き換えたドラマ。

両ドラマとも役柄は、高飛車で業が深く、それを岩下志麻が演るとトテモステキになり、ファンになったのだ。

高校に進学すると、3年時の古典の授業で『源氏物語』がテキストになった。源氏に出てくる六条御息所《ろくじょうのみやすんどころ》が、岩下志麻が演ったらぴったりそうで、ライバルの夕顔は、そのころ男子だけに人気のカマトトタレントに見えて、「六条御息所、がんばれー。夕顔なんかに負けるなー」と声援を送りながら授業を受けていた。なもので、さらに後年、大学生の正月に、特別企画で久世光彦演出、向田邦子脚本、ジュリー主演のTBSドラマ『源氏物語』を見た時は、六条御息所が岩下志麻でないために、とんでもなく違和感をおぼえた。

久世源氏では、渡辺美佐子が御息所を演ったのだが、渡辺美佐子は藤原道綱母《ふじわらのみちつなのはは》が合ってると思う。久世光彦独特の演出で渡辺主演で『蜻蛉日記』を見てみたかった。兼家は東京03・豊本なんかどうか。

お高くとまっていてほしい。勝気でいてほしい。プライドを傷つけられるとカッとしてほしい。宿業を背負っていてほしい。冷たい表情をしていてほしい。豪華に着飾っていてほしい。

こうした願いを、私はいつも岩下志麻に抱いた。じっさい、こういう役をしているものが目立った（トボけた役もけっこう演っているのだけれど）。

こんな役柄は、多くの場合、女性から嫌われがちだし、男性からも（きれいな顔の人が演れば）嫌われはしないものの、ニガテ意識を持たれがちだ。

にもかかわらず、岩下志麻は「ザ・女優」として人気を保ち続けた。その理由は、彼女の顔が、実は冷たくないからではないだろうか。

『ガラスの部屋』のテーマ＝ヒロシのテーマ、と化したように、『極道の妻《おんな》たち』＝姐御＝岩下志麻、と刷り込まれている人が増えた。また、《いわしたしま》で検索すると出てくる作品では、眉を剃った白塗りメイクや、濃いアイラインで目を吊り上げたメイクをしている。

このせいで、岩下志麻はキツい顔、と思い込んでいる人がけっこういるようだ。

だが、ナチュラルメイク時を見ればわかるように、彼女の目は、長細いツリ目ではなく、円《つぶ》らなたれ目で、しかも黒目の部分が大きく、B鼻と相まって、おっとりとしたあたたかみのある顔だちなのである。

ヒメノ式顔面相似形では、《岩下志麻×麻丘めぐみ》。麻丘めぐみもB鼻。

つまり岩下志麻は、おっとり顔に、キツく見えるメイクをして、お高くとまった役をしているわけである。

このプラス・マイナスが、いい塩梅《あんばい》に「人から拒否されない空気」を醸し、スターとして位置する状態を長く保ち得たのではないか。

加えて、彼女は時流に乗った。娯楽が、映画からＴＶに移りかけた時に清純派でデビューし、完全にTVが主役になった時に、主役をはるポジションに上がった。そのため、とくに映画ファンでない人も含めて、多くの人が「TVドラマに主役で出ている岩下志麻」をよく見るようになった。

TVの音。映画の音。人々はこの二つを、同じように聞かない。

映画は料金を払って（＝「さあ見るぞ」という意識でもって）、厚い壁の暗い所で（＝日常を遮断して）見るが、TVはそうではない。

食器を洗う音や、電話、道路を走る車などの音が聞こえる所で、時には、見ている番組とは無関係のおしゃべりもしながら、人々は、TVを見る。

このような環境でドラマを見る場合、脇役はむろん、とくに主役のセリフは、TVの前にいる者に、よく聞こえなくては、惹きつけられない。

よく聞こえるというのは、大きさではない。「聞き取りやすい」ということだ。聞き取りやすいためには、滑舌がよくないとならない。滑舌訓練をしたアナウンサーの声は、静かにしゃべっても聞き取りやすい。

ほかに、ヒトの耳がキャッチしやすい波長や音程というものもある。日本語の場合、英語よりも、音程がやや高めのほうが、ヒトの耳が理解しやすいのだそうだ。駅や車内のアナウンスが、男声から女声に変わったのもこれが主な理由だとか。

様々な楽器が各々の構造や材質によって音色に特徴を出すように、ヒトの声も、各人の頭蓋骨や鼻腔や咽頭の広さや太さ等の塩梅で他者に響くわけだから、声が外に出る道程である鼻の形は、その音の特徴に影響するはずである。

そこで。何千人もの声のサンプルを分析機で調べたわけではないから、甚だ「感覚的で、みたいな、ふうな、的な、気がする」のレベルの話であるが、B鼻の女性の声は、聞き取りやすい。そして声に淫靡《いんび》さがない。

淫靡さのない声。これは色気のない声とも換言でき、同時に、さっぱりとした明朗な声とも換言できる。

岩下志麻の声はこれである。だから『紀ノ川』の、合理的な現代娘の役は、声とマッチして生き生きしていた。

『紀ノ川』は最近見た。秀作だ。主演は司葉子で、美人女優から女優へ、まさに脱皮していた。その司と競演したことで、岩下も、のびのびとした朗らかな雰囲気を全面に出して、画面の中でみずみずしく動いていた。

こんな秀作を見ると、岩下志麻＝ぜったい六条御息所、とこだわっていた自分の頑固さがとれ、『源氏物語』なら彼女は軒端荻《のきばのおぎ》の役のほうが、実は向いているのかも、と思うようになった。諸肌脱いで囲碁打ったらチャーミング。

いったん話が飛ぶが、岩下志麻と同質の声の有名女優がもう一人いる。わかるかな？　山岡久乃。山岡もB鼻である。

問答無用のザ・女優
岩下志麻様
山岡久乃さんは似顔絵にしやすい♥
も

旧ムービーでは、若い頃の山岡が、勝気な娘や、したたかな悪女の役を演っているのをたまに見かけるが、いまいちキマっていない。B鼻による声（非淫靡・非湿潤）に原因があったのではないかと私は思っている。

しかし、だ。あの声（明朗・清潔）であったことでホームドラマで大成したのだ。お茶の間で聞き取りやすく、お茶の間にいる人の耳に、ぱりっと乾いた洗濯物のようにさっぱりと明るく入ってくる。

B鼻の声は、お茶の間でオンエアされても許容範囲内のドラマ向きなのである。

また岩下志麻にもどる。『禁じられた美徳』というドラマがあった。

高名な陶芸家にして半身不随の池部良。その妻が志麻。邸宅の離れに住む若い弟子が田村正和。この『チャタレイ夫人の恋人』的な状況から当然、田村は志麻に許されぬ恋心を抱く。

ドラマが回を重ねてゆくと、当然のように、田村演ずる佐吉が、志麻演ずる奥様に強引に迫るシーンが。

「アッ、かんにんして」。拒む奥様。

ところがだ。ところがである。ところがですよ。声が実にさっぱりなのである。

画面では、佐吉の手が着物の胸元を広げ、着物の裾はまくれて生足があらわになっているというのに、TVが出力してくる声は、さっぱりと快活に、「アッ、かんにんして、佐吉」。

結果、カレーとラッシーのごとき反作用で、お茶の間に不潔感が入り込まない。3Pも聖三角形だ。

これである。おっとり顔をキツい顔にメイク、淫靡シーンにさっぱり声。この差し引きこそが、岩下志麻を「ザ・女優」として、長命人気をキープさせている（意外な）理由だと見た。

＊

岩下志麻は中高生時代、ものすごい勉強家だったそうで、勉強しすぎて体をこわしたことさえあるそうだ。あんなにきれいに生まれ、その上、勉強家なのである。

《『その人は女教師』で数学の先生役をしたさい、黒板の問題が自分で全部解けたという》と、出典が思い出せないが、映画関係のエッセイにあったのを読んだことがある。(私が)高校を卒業してまだ十年たっていなかったころ、夜中にふらりと居酒屋に酒を飲みに行くと、「おい、そこのミスドに岩下志麻がドーナッツを買いに来てた」「あっ、おれも、こないだ見た見た」と客たちが騒いでいることがあった。どうやらわが下宿の近くに志麻様のご自宅はあるらしかった。「そうなんだ。私もお見かけしたい、したい」と願っていたが、叶わぬまま(自分が)引っ越してしまった。

今回、『禁じられた美徳』にふれたが、つくづくあきれた。自分に。

放映されていたのは高2の三学期まるまるである。ちょうど恐ろしい家長が風呂に入る時間だったので、毎週見ていた。見た後は自室に籠もり、牛が反芻するように、着物姿の岩下志麻を思い出し、ノートに感想を書く。こんなことを自慢してもしかたないが、勉強は本当にしなかった。本当になんて勉強しなかったのだろう。主演の岩下志麻と大違いだ。あーあ、脳味噌がしっかりしてるときに、もっと勉強しておくんだったよ。

ヒメノです。後悔先に立たずです。〈che vuole questa musica stasera〉……『ガラスの部屋』の曲調は哀しいのう。

5 声は見えない顔

２０１□年のある日、三人で駅に向かって道を歩いていた。「政府」「政策では」という声が、とぎれとぎれに聞こえた。拡声器を通した声だ。

「枝野幸男だ。駅前に来てるんだね」

（著名人としての呼び捨てで）私が言うと、二人は驚く。

「なんでわかるの？」

「なんでって、声が枝野幸男だから」

「声って、今ちょっと聞こえただけじゃない」

「でも、枝野の声じゃない。候補者の応援に来たんだね」

「えー、こんな小さな町に？　代表（当時）が？」

駅に着いた。ロータリーには選挙カー。候補者。そして枝野幸男。「わっ、ほんとだ」と叫ぶ二人。

「枝野幸男の支持者だったとは」

チラ聞きで枝野幸男だとわかるほどの支持者なのだと、連れは受け取ったようだが、彼女たちの家にはTVがあるからではないだろうか。ニュースを目で見ているのだ。うちにはTVがないのでラジオのニュースを耳で聞くのである。

代表といえば、公明党代表の山口なつお。私はかねてより、彼と、落語協会代表もとい会長の柳亭市馬《りゅうていいちば》の声は、そっくりだと言ってきた。だが、今日までだれも同意してくれない。ふしぎだ。なぜ気づかない？

彦根市長を長年務めた井伊直愛《なおよし》は、選挙カーに乗っての演説で声が嗄《か》れた。あたりが薄暗くなった夕方には、カーに双子の弟の直弘氏に乗ってもらい、ただ名前を連呼してもらったという。山口なつおも声が嗄れたら柳亭市馬に、「山口なつおでございます。公明党の山口、みなさん、よろしくお願いいたします」とカーの中から言ってもらうくらいなら違反にならずピンチヒッターを頼めるのではないか。市馬が声を嗄らしても山口なつおが代打で落語はできないだろうが、あれだけ声が市馬に似ているのだから、歌は市馬くらい上手いのでは？「山口なつおチャンネル」というのをネットに開設しているので、出身地にちなむ『磯節』など歌ってほしいものだ。

声が瓜二つの組合せをもう一組。三宅裕司と伊東四朗。ラジオだと区別がつかず、二人がよくラジオに出ていた時期には、しばらく聞いていないと、三宅なのか伊東なのかわからず、いつも困ったものだった。

＊

さて、声の相似形には関心がなくとも、声自体に関心が向く人は多いのである。声は見えないので、自分が声に関心を向けている（声にとらわれている）ことに気づかないまま、関心を向けている場合が多い。

「美人だなあ」「イケメンだなあ」と、誰かに対して思うとき、声が大きな原因となっていることが、よくあるのである。声は無形の顔なのだ。

反対の例を挙げればわかる。田中眞紀子とお父さん。親子はともに整った顔だちである。初入閣したころのお父さんの写真など、源頼朝像（とされている絵）なみに美男子であるし、日中国交正常化のニュース写真の娘さんも、新東宝の映画で〈「キャッ、助けて」と叫ぶ系〉の女優のようである。

しかし角栄・眞紀子について、イケメン・女優顔を、第一印象とする人の数は多くはあるまい。原因は、あの声にある。父親に顔ではなく声が似た娘は珍しい。父娘ともに、あの声は、政治家としては武器（人がおぼえる）になる。が、容貌が整っていることを、人に気づかせるには邪魔をする。

だれかの外見を見るとき、人は、形には見えない声に、かなり影響されているのである。

そこで松坂慶子だ。実は整人ではない（もちろん非芸能人の中では整人）。同年生まれなら楠田枝里子のほうがはるかに整人である。

しかし、松坂慶子は美人である。1980年代、松坂は美人の代名詞であった。2023年現在、「お女優」や「スタア」といった存在は消滅してしまった。松坂は最後のスタアお女優であろう。

松坂慶子。大美人だ。『愛の水中花』（後述）のころの松坂が画面に出てくると、「うわあ、きれいだなあ」「うひょー、ええ女やー」と見た人は感じる。とくに男性は、楠田枝里子が出てくるよりもはるかにはるかに感じる。

男性がこう感じる理由は？　3位から発表する。

☆3位＝髪が長い。「髪なんかブスでものばせるじゃん」だよね？　そのとおり。逆もまた真なり。顔の造作が悪くとも、髪さえ長くしておけば、美人の枠に忍び込める。

性格がよい、会話のセンス、挙措《きょそ》に品がある等々。こんなもん、測定に時間がかかるではないか。「ごっつ美人や、ええどええど」とか「神レベル」とかすぐ口にできる（拡散力のある）男性ほど、測定に時間がかかる。見て一瞬で、「あっ、女だ（♀だ）」とわかるのが「髪が長い」だ。オウム真理教の麻原教祖が自国で高位につけた女性はみな腰までのロングヘアだった。

☆テン外＝白くきめ細やかな肌。美人か否か。この判定において肌項目など、2位に入るどころか、テン外だ。松坂慶子の肌が、白いか黒いか、きめ細かいか粗いか、そんなことはスクリーンやテレビ画面越しに、観客は識別できない。肌を多く露出するシーン（やドレスを着ていること）が多ければそれだけで、色が白いと短絡するのだ。

☆2位＝涙のピントずれ目。松坂の目は小さめなのである。が、多くの男が「パッチリとしている」と思っている。なぜ？　色っぽいからだ。色っぽいのはなぜ？　潤んでいるからだ。松坂の目はなぜか常に潤んでいる。目の焦点が若干ズレている。結果、画面の松坂を前にすると、彼女が物陰からチラッチラッと自分を見ているような気になる（ポジティブ・シンキング）。

☆いざ1位。ハナシの流れからして、当然、1位は声。

松坂慶子の声。松坂慶子は声でスタアになったのである。あの声で日本中の男性を骨抜きにしたのである。女性もうっとりした。私も『愛の水中花』のレコードを買った。

作詞は五木寛之。恋は一時の幻覚であるというのは何百年も前からの定説ではあるが、これを徹底的にスノビッシュに、想定購買客を17〜40歳に絞って作詞しているところが、さすがはベストセラー作家。私など足元にも及ばない。

さておき、この歌は「これも愛、あれも愛」という歌詞から始まる。短い前奏。「これも愛、あれも愛」。

枝野幸男の声を耳にするのとはわけがちがう。出だしで聞く者の腰をぐにゃぐにゃにする。『愛の水中花』はまだ歌っているが、動画検索すると出てくる『桃色吐息』となると、歌っているというより、吐息に近い。まさに桃色吐息。「一粒にレモン30個分のビタミンC」などといったサプリメントＣＭがあるが、松坂慶子の声は「一声に30人分の色気」だ。色気のプロポリス。

世界的なセックスシンボルであるマリリン・モンローは、実はわりと太く低い声であるのだが、彼女の映画を日本のＴＶ映画劇場で吹き替える時に、モンロー担当声優だった向井真理子はソプラノで、セリフに呼気が多く入るようにしていた。文字化して説明するのは難しいが、たとえば「本日は晴天なり」なら、「フォンじつはハン　せいてヘン　なハり」と発声するような塩梅だ。日本人が思うセクシーな金髪女性というか、ショー的なセクシーさを出していた。セルジュ・ゲンスブールのプロデュースによる『ジュ・テーム・モア・ノン・プリュ』を歌うＢ　Ｂ《ブリジット・バルドー》の声（息？）も、ショー的なセクシーさである。

松坂慶子は、こういう声を出すわけではない。非日常的な発声をするわけでもない。ごくフツーにしゃべる。また、あまり指摘されないが松坂は、杉村春子なみに滑舌がよい。静かにしゃべるのに一語一語が観客の耳にクリアに入ってくる。色気のプロポリスが直撃だ。スタアのお女優になるべく、天が彼女に授けた声である。

聞く者の腰をぐにゃぐにゃにする声の持ち主としてほかには大原麗子と、個人的にぐにゃぐにゃになるジェニファー・ティリー。

大原のＮＨＫ大河『勝海舟』での「しぇ《先》んしぇ《生》い」の一声に、サントリーのＣＭでの「すこし愛して、ながく愛して」の二声に、ぐにゃぐにゃのデレデレになった男性は五千万人くらいいるのではないか。もっと長生きして、大原にはTVでジェニファー・ティリーの声の吹き替えをしてもらいたかったものだ。

ティリーは、日本ではそんなに知名度がないが、私が一番好きな海外女優である（恋しているといってもいいほど好きだ。詳しくは15章にて）。彼女も声に強烈な魅力があって、『プランケット城への招待状』みたいなしょうもない映画でもティリーの声聞きたさに、出演シーンだけ繰り返し繰り返し見る。大原が茶目っ気たっぷりに吹き替えたらキマったのではないか。

ジェニファー・ティリー代表作＝『バウンド』『ブロードウェイと銃弾』『ライアーライアー』等

男優では？　ピーター・オトゥールや江守徹が正統派の「いい声」とするなら、細川俊之や姜尚中《カンサンジュン》（文化人）が正統派の「ムード声」。

ムード声というのは、別名・奥様殺しの声。寝る前に化粧水をぱちぱちと顔にはたいている奥様が、しばし美容の手をとめて、TVのほうを向いて、各々の奥様ごとに何か断片的な空想をさせる声。

また、いわゆる正統派ではないが、野沢那智と森本レオは、ワンフレーズで、聞いた者はハートをトングでぱっと摑まれるような、さりげないのに忘れにくい声だ。

声はボイストレーニングなどである程度は矯正できるだろうが、目や鼻を美容整形するほどには変えられない。とはいえ、出川哲朗や柳沢慎吾は、あの声でよいのである。むしろ、あの声だから人におぼえられて芸能人として有名になれたのかもしれないし、外見との落差がない

森雅之
枝野幸男氏なんて描きやすい♥
こんなにイケオジなのに
声が
なんですね…
も

ので落ち着く。

外見と声があまりにミスマッチで、落ち着いて画面を見ていられない例もあるのだ。

その筆頭！　森雅之（涙）。

このページで森雅之という名を初めて知った若いあなたは写真を見る。「あら」と思う。背徳の恋に憧れる文学部の女子学生が夢の中で想うようなムードある顔をしている。プロフィールを見る。有島武郎の長男。成城高校から京大。出演作に『或る女』『羅生門』『挽歌』『安城家の舞踏会』。入ってくる情報×見た写真＝マッチ。「じゃあ、まずこれを見てみましょ」と、あなたは『安城家の舞踏会』を選ぶ。タイトル×見た写真＝マッチ。解説（チェーホフの『桜の園』を下地に没落華族を描く）×見た写真＝マッチ。あの憂い。あのけだるさ（昔の写真技術なので、ムーディにちょっとピンボケ）。

この映画、かの原節子も出ているのである。金などもう無いのに「お兄様、舞踏会を開きましょ」と、ゴージャスな顔で、清楚な自棄《じき》で言う原。むなしく聞く森。姿勢が悪くてニヒル。これも顔にマッチ。

ところが！　ひとたび森が声を出すと、あなたの口はあんぐりだ。「どしたこと!?」。ここまでの森のアイテムぜんぶ×声＝大ミスマッチ。哀川翔＋爆笑太田÷2の声。まさに「ざんねん！」な声。

ざんねん筆頭が森雅之。巨頭が澁澤龍彥。澁澤の声は哀川翔＋オール阪神÷2。
但し哀川、太田、阪神、の各人単独は残念ではない。

森の代表作の一つの『浮雲』など、なんと共演がデコちゃん（高峰秀子）だ。なぜ《なんと》をつけるのか？　子役時代のサイレント映画や、少女時代の戦時中公開映画（フィルム損傷激しく音声も不明瞭）でのデコちゃんを見た人ならわかる。戦前のデコちゃんは、とにかく外見がかわいい。キャンディやチョコレートのパッケージの絵のようにかわいい。しかし、彼女も、ざんねんな声なのである。二大ざんねんな声が共演する『浮雲』なのである。だが、マイナスとマイナスをかけてプラスになったような自然主義文学的仕上がりではある。

しかししかし。声なんかなんのその。森と高峰は賢明であった。二人は二のセンに執着せず、外れていった。

これは一口に言うほど容易なことではない。とりわけデコちゃんはすごい。彼女は子役時代からひっぱりだこだった。世の道理を学ぶ前の子供のころにチヤホヤされたわけである。少女に成長した戦時中もブロマイド売り上げ第一位のスタア。このキャリアは、現代ならいざしらず、当時の女優ならしがみついてしまって、大人の女優としてまさに残念なことになったかもしれないのに、目から鼻に抜ける聡明さで自分を客観。自分の長所を活かしきって大女優になっていった。

森も、ドヤ街暮らしの、タフな貧乏人を演じた『がめつい奴』で、声を含めての魅力を出すのに成功した。

＊

ところで。

昔の映画やニュースフィルムの声を、現代人が聞くと「なんだか、オカシイ」と思う。「昔の映画の女優さんって、みんな、なんだか、ぶりぶり、カマトトみたいにしゃべる」「昔の映画の男の人って、みんな、心にもないこと言ってるスケこましみたい」と思う。

これは、自然な感想である。

だから同時に、「昔の映画の女優さんは、今とちがって、みんな品というものがあったよ」「昔の映画の男は、イケメンなんていう軽いもんじゃなくて、本当にハンサムだったなあ」という感想も出るのである。

これも、自然な感想である。

なぜ自然かというと、きわめて単純な理由による。

昔の映画（戦前の映画。本書で言う古典ムービー）は録音する機械の性能が、今よりずっと悪かったのだ。

ずいぶん前にも、このことについてふれた本を読んだことがあるのだが、書名が思い出せない。最近では『声が通らない！』（新保信長・文藝春秋）にこのことがふれられている。

この本では日本音響研究所の所長さんに著者（新保氏）が話を聞いている。昔のマイクは、マイクからちょっと離れただけで、周波数の低い声が拾えなかったのだそうだ。高い周波数部分ばかり拾ってしまうので、女優は「妙にぶりぶりした」「カマトトみたい」な声になったり、男優は「声が割れて、音として大きいばかりで何を言っているかわからない」状態（例・佐分利《さぶり》信《しん》）となってしまったわけである。

なもので、録音する機械の都合に合わせてアナウンサーは無理して声を高くしたり、出演者はマイクから離れないように不自然な姿勢になったりしたのだろうと想う。

魅力的な声の持ち主の、日本芸能界もう一人の代表である岸田今日子の映画デビューが、録音機材の性能がアップしてからで、つくづくよかった。

岸田といえば、今日子ではなく文雄が、2021年から新総理になった。菅義偉《よしひで》は一年の政権だったが、短命だったその理由は、あの声と滑舌のまずさにあったのかもしれません。目にはさやかに見えねども。

✦ヒメノ式追伸

声といえば、加賀美幸子《かがみさちこ》（元NHK）アナウンサー。あの朗読は人間国宝。朗読については日本の全アナウンサーが束になってかかっても敵わないと言っても過言ではない。文科大臣は加賀美さんを国宝指定して下さい。NHKは加賀美さんに後続する朗読のできるアナウンサーを、全組織あげて育成して下さい。

そして、アナウンサーには男性も女性もいるのに、なぜか女性だけに限って「女子アナ」と、まだ学校に通う生徒の性別みたいな呼称をし、この職業に就く女性に、幼さとミニスカートをご要望される方々。そして、そうした方々のご要望に応えようと発奮しておられる方々。こうしたご要望とご対応については同好の士で語り合っていただくとして、その前か傍らに、仮にもアナウンサーと付く職業なのだから、男女問わず、加賀美幸子さんと同レベルに至らずとも、せめて100分の1の技術で朗読してほしいナというご要望をお持ちになったり、なりたいワとがんばって下さったりしても、そう問題はないように思うのですが……。

6 松田優作の遺伝力

G・J・メンデルの両親と姉妹の顔を検索した。なんでまた？　松田優作一家のことを考えていたため。

惜しくも40歳で亡くなった松田優作は「かっこいいスター」として伝説となった俳優だ。背が高い！　痩せ型！　ジーパン！　アクション！　憂いの眼差し！

だが、これだけではスターにはなれない。スターたるもの、ここにもう一つ武器がないといけない。優作は、一滴の可笑《おか》しみが出せた。可笑しみというのは、TVバラエティ番組で高視聴率とれる的な能力ではなく、妙味といったような何かである。

一滴の可笑しみ……の「一滴」の匙加減が、スターにとっては難しい。ボトボトと垂れてはだめだし、ピッと微《かす》かでも観客には見えない。「二枚目半」なる言い方があるが、あの「半」の部分には、細かな目盛りがある。その差が、個性を大きく左右する。

原田芳雄とショーケン《萩原健一》。松田優作について人々が語るさいに必ずといっていいほどひきあいに出される二人。彼らと比較すると、原田1cc、優作5cc、ショーケン10cc。ショーケンは可笑しみ10ccに加え、ナサケナさが50ccもある。原田は優作より鼻筋が通っていたが、優作より背が低かった。よって、「かっこいい」部門で競うなら、松田優作の優勝である。

他の二人につく形容詞は、「男惚れする（原田）」「母性本能に訴える（萩原）」であろう。

優作は二枚目の必要条件の顔型をしている。耳から顎にかけてのラインがシャープな面長。一般人の日常レベルではともかく、芸能界ならびに少女漫画&青年誌漫画界での二枚目たる顔のベースというのは、やはりこの顔型であって、米俵型（例・出川哲朗）や下ぶくれ型（例・浜田《ハマ》幸二《コー》）ではない……と、早春の窓辺で顔の輪郭について考えていると、私の頭に勢揃いで浮かんできたのが、優作の奥さん、長男さん、次男さん、長女さんだった。

うむむ、丸い。みなさん、丸い。まん丸い。奥さんなどチッペイ（『バンパイヤ』）を狼に変身させてしまいそうなくらいだ。奥さんのお姉さん（真実）も丸い。じゃ、この熊谷姉妹の親御さんはどうなんだろう。あっ、お母さん（熊谷商店元経営の清子さん）も丸い。娘さんというのは、概ね、お父さん（異性親）に似るのに、真実・美由紀の姉妹はお母さん似。龍平、翔太、ゆう姫の優作の子供さんもお母さん似。清子さんという女性は、よほど遺伝させる勢いが強いのか？ そんな非科学的な。遺伝にはもっと法則が。高1の三学期の生物Iの試験に問題が出た……などと回顧しているうちメンデル一家の顔も気になってきて検索したのだった（出てこなかったが）。

で、優作一家にまた目をもどすと、顔型はみなさん◯《丸顔》だが、◯の中の部品（目鼻口）は、奥さん以外の子供三人は優作似だ。とくに長男さんと長女さんの部品は、似ているというより、今回は、遺伝している、と言いたくなる。一家は実に、優作と美由紀夫人がかけあわされている。

ここで、膝を打った。これが優作をスターにした要素かもしれないと。

このわけを次にしゃべるが、わけの前ふりが長い。火曜サスペンス劇場のラストで故郷新潟の大波打ち寄せる崖で逮捕された犯人のセリフのように長い。ちょっと鼻をつまんで辛抱して下さい。

（今からすれば）強度PTSDの父と、陰気な母に囲まれた暗いわが家は、庭に樹木が茂り、煉瓦の壁に蔦《つた》が甲子園球場のように絡まり、窓にものびてホントに暗かったのであるが、来客が多かった。平日夜は週3日、土日祝日は午前、昼食時、午後、夕食時に1組ずつ、計4組の来客がほぼ毎週。父母は公務員で、映画スターでも大企業CEOでもなく、副業に喫茶店や料理屋をしているわけでもない。お手伝いさんも雇えないのに、来客が多いので、しかも田舎町では全員がアポなしでやって来るので、母と私は朝から立ちっぱなしで、ネスカフェとパルナス（菓子）を出して、ひっこめて洗い、来客のために食材を買いに行き、作り、出し、食器を洗わないとならない。家族の分の洗濯や部屋の掃除もある。母親は専業主婦でもパートでもなくフルタイム勤務なのに父親は自分の椅子から一歩たりとも立たず、指図は四六時中。しかも、料理を出すのが遅いと、星一徹などソフトなダディに思えるくらいの獣のような声で私や母を怒鳴る。「女は非論理的だ」と怒鳴る。珍しい罵声である。来客にこれこれしかじかの凝った料理を出せと突然に命令して、その料理を出すのに手間取ると「女は非論理的」なのである。珍しい罵声ではないか？　あなたの罵声のほうが非論理的ですわよと、論理的に反論すればよかったじゃないかと、今読んでいる人は大笑いするだろう。だがそれは、夜道を歩いていて、三つ目の妖怪にいきなり肩をつかまれてカバンをひったくられた柔道部出身の体育教諭に、「柔道部出身で体育の先生なのに、なんで背負い投げしてやっつけなかったの？」と訊いて笑うのと同じである。罵声を浴びせられ続ける母親は当然、夫を嫌い、私に「あんたの顔はお父さんそっくりや」と、チラシ広告のウラに夫の名前と私の顔（のようなもの）をかいて、それをハサミでじょきじょき切り裂きながら陰気に言う。おそらく異性親の顔を受け継いだ娘に恨み言を言うことで、♪そーすれば、とーにかく、すーこしは気がおさまるのー♪（ジューシィ・フルーツ『ジェニーはご機嫌ななめ』のふしで）だったのだろうが、アタられる娘のほうはラディゲのような早熟の天才ではなく、ごくフツーの小中高生なので、ただ、おろおろと自分の顔を責めるのだった。

ありがとう。火サス犯人の告白はここで終わり、次の、お見合いの話から、優作の話にもどっていくので安心して。

あまりほほえましくないわが家は、しかし、頻繁にお見合い会場となった。父・母・私は、田舎町の住民に対して、アカデミー主演男優・女優・助演賞ものの演技をしていたので、住民はこの家を（みうらじゅんのトークや自伝から私が想像する）みうらじゅんの家のように解釈してくれ、来訪者が多かったのだ。見かけのみうら家では、ホテルや偉い議員さん宅でのものものしい見合いではなく、さくっとお茶を飲むみたいに顔合わせするので、かえってまとまり率が高いという評判がたっていたのである。

見合いがある日というのは、私はわが家に一間だけあった畳の部屋を掃き、母親はお茶を出すだけなのでラクだった。お茶を出して畳の部屋からもどってきた母親は、毎回、見合い結果を予想した。

陰気な母親がこの予想をする時は珍しく陽気になった。予想は、鋭く深い洞察ではなく、きわめて単純な観察に基づいていた。顔型である。一方が面長系〈楕円、逆二等辺三角形、長方形も含む〉、もう一方が丸顔系〈正方形、逆正三角形、円も含む〉なら、うまく行くと言うのだ。「んなアホな」と私は聞き流していたものの、90％の確率で当たった。

母親が「今日はうまく行く」と見たペアは、後日に双方から、縁談を進めてほしい旨の連絡が来て、「今日はだめ」と見たペアは、後日にどちらかから断りの連絡が来た。「だめ」と見たのに、予想に反して「よし」だったケースでも、そのうち進行が遅れ、やがて、どちらかから（あるいは双方から）、「すまないがこの縁談はやはりとりやめたい」というような連絡が来た。

母親が女学生だったころに人気があったのは嵐寛寿郎《あらしかんじゅうろう》と林長二郎（＝長谷川一夫）。そういう世代なわけであるから、彼女は、松田優作を知らなかった（優作が出演するTVや映画を見たことが

松田優作
を上回る
松田美由紀の
遺伝子よ……
Shota
Ryuhei
Yuki
も

なかった)。知っていて、優作と熊谷美由紀の結婚の芸能ニュースを見たら、「あっ、これはうまく行く」と陽気に予想したにちがいない。典型的な面長と丸顔のペアである(これが言いたいための火サス犯人の長セリフだった)。

面長をU、丸顔を○と表示すると、わが家の畳の部屋で挨拶するなり即決、翌月に結納、翌々月に挙式みたいにうまく行くのは、U&○ペアだった。

「待てよ、優作は再婚だったはず」と検索したら、おお、前夫人も○。○の度合いが美由紀のほうが強いので、略奪のようなことになったのかもしれない。検索中に「(姉の)熊谷真実○が書道家にぞっこん惚れ」という古い芸能ニュースも目に入った。その書道家を画像検索した。おおUだ。

亡母の言ったとおりだ。ラディゲによるフランス文学もさることながら、亡母の滋賀県民予想に

〈肉体の悪魔〉は単純明快に示されているのかもしれない。こうなったら優作の子たちの相手も検索してみようではないか。結果は次のとおり。

・龍平〇&前妻〇→再婚した現妻U
・翔太〇&現妻〇
・ゆう姫〇&彼女が猛烈アプローチしたという芸人U

次男夫妻がちょっと心配……。

亡母の予想について、後年、思ったことがある。〇&〇（U&U）か、〇&Uか。ここには、ナルシストか非ナルシストかが顕れているのではないか。

何をもってナルシストとするかは一概に言えないので、些《いささ》か独断になってしまうが、自分の顔が許せるか否か、である。自分の顔に見とれるような人は実際にはそういまい。許せるとは、自分の顔と折り合いがつけられるか、つけられないか、だ。

自分が〇で、恋の相手も〇。ファンになる同性も〇。これはナルシストの証左ではなかろうか。

モデルやモデル出身の芸能人のカップルにこの組合せが多いのは、自分のフォルムの整いに負う生活により、もともとあったナルシスト性がさらに高まったナルシストになり、恋愛相手も自己を映したい嗜好になるのでは？　これを責める気は毛頭ないが、モデル出身の俳優は、グラビアやイメージ動画ではフォトジェニックでも、脚本家・監督・撮影者等が共同で作りあげる作品の中で、動いてしゃべると、魅力を欠く結果となることがおうおうにしてある。

○女を好んだU男の優作は、したがって、ナルシストではない上に、自分の顔が許せなかったのではないか。上下の奥歯を抜いて顔を小さく見せ（役作りという名分もあったろうが）、私の観察では、隆鼻術もしたと思う。ついでに声を大にしたいのだが、整形について言及すると非難のように受け取る人がいるのは本当に困る。『整形美女』という話を著した私は言いたい。美容整形の何が悪い。白髪を染めたら悪いのか。芸能人ならプロとして整形すべきではないか。飲食店が客席のガタついた椅子を修繕したら悪いのか。優作はプロとして、かっこよく見えるしぐさ、ポーズ、衣装についても熟慮工夫を一生懸命したと思うのだ。他者からそれを取り入れもしたろう。努力に努力を重ね、それでいて、その努力を観客に見せなかった。見せたくなかった。

優作は、思うに、努力している自分も嫌悪していたにちがいない。努力せず、生れながらに、このような姿であるかのようにスクリーンに映りたかった。

よって毎日疲れる。だから、努力している自分を見せてもよい（見せてもよいと自分が許可できる、自分とは正反対の）○女を愛したのであろう。

非ナルシストでないと、スターにはなれない。

私はこう思っている。非ナルシストでないと観客の期待にいかに応じるべきかカンが働かない。可笑しみも出せない。

ナルシストぶりが笑える芸能人もいるが、それは可笑しみではない。

非ナルシストだから優作は、５ccの可笑しみを、努力して出せたのだろう。

可笑しみ５cc。絶妙だ。優作がデビューし、大きな役を摑んでいった昭和50年代から昭和末というのは、１ccでは少なすぎ、10ccでは他の要素と合体させて化学変化をおこさせないとスターになれない性格の時代だった。

スクリーンから観客の目に突撃してくる「長身」と、「長身」を全面的にひきたてる衣装・ヘアスタイル・小道具大道具でもって、優作は伝説のスターになった。

昭和30〜40年代なら、可笑しみ１ccが、スターになるのに必要だった。サイレントや古典ムービーの時代ならスターに可笑しみは必要なかった、あればかえってスターになれず、性格俳優、個性派、名脇役などのポジションに置かれた。

日本映画史上「かっこいい№１」は、図抜けて斎藤達雄だが、伝説化しなかった。サイレント時代から可笑しみ50ccの大サービスだったからだろう。


斎藤達雄のスマートぶりは、画像検索ではお伝えできない。


非ナルシストの優作は、「時代」も読んだのである。

昭和を引き摺《ず》っていた平成初めも、十年余過ぎて世紀が変わると、大衆が、以前よりもスターという存在を求めなくなった。

高度経済成長期に正義の味方を信じていられた子供時代を送れた私などは、観客を疲れさせるほど輝くスターがいてほしいものだと望むが、不況期に育った現代の若者は、握手会もできないような「スター」より「人気者」がいてくれたらいいと望むようだ。人気者の場合、可笑しみは12ccほど出すのがよかろう。「人気者」が望まれる時代に『御法度』でデビューしたのが、優作長男、龍平である。

この映画、主役の顔型が疑問ではあった。話の内容からすると主役の顔型はUであってほしくないか？「こんなに○なのに魔性なのがヌーヴェルなのだ」と大島監督は思ったのだろうか？あるいは監督ではなくプロデュース側に、松田優作の息子を出すのなら資金を集められるという事情があったのかもしれない。

いずれにせよ幸運なデビューを利発に活かし、長男は時流に乗っていった。スターになろうとせず、うまく役を選び、映画界での自分のポジションを摑みつつあるではないか。『ボーイズ・オン・ザ・ラン』のイヤな奴、『探偵はBARにいる』のちょいイヤミな奴、『ジヌよさらば～かむろば村へ～』で見せるバスの窓からの顔のヘンな表情。やはり○と離婚してUと再婚するだけあって、長男は非ナルシストの可笑しみがちゃんと出せている。あとは次男と長女の行く末を見守ろう。

それでね。

えーと、それでね。だからね。松田優作はかっこいいよね。お子さんもそれぞれ活躍していてよいよね。まったく優作は伝説だよね。ファンもいっぱいいるよね。彼を、好きだ、かっこいい、と言うのはわかるよ。よくわかるよ。わかるので、打ち明けられなかったのだけれど、個人的には嗜好の針がぴくりとも動かない。あのすばらしい可笑しみ5ccも、「いやあ、松田はん、かっこよろしおすなあ。どないさせてもらいまひょ」ポン（自分の手で自分の頭を叩く音）なのである。ごめんかんにん。自分がUだからだと思う。

✦ヒメノ式追伸

連続TVドラマの『探偵物語』ではなく、あらかじめ薬師丸ひろ子主演で企画された角川映画の『探偵物語』に出演が決まった松田は、飛び上がって喜んだと想像する。だって、相手は○中の○（まるちゅう の まる）。ラストのディープなディープキスのシーンには喜びが籠もっていたと推察される。

黒澤明監督（顔がU）は、この映画を見ていただろうか？ 見ていたら、きっと「この薬師丸ひろ子というのは、実にいいねえ！」と思ったはずだ。

黒澤明が助監時代に高峰秀子（デコちゃん）にプラトニックラブだったのは有名な話。デコちゃんは○。後に黒澤が妻とした矢口陽子も○（9章のオマケも参照のこと）。

うむ。長身で顔Uの男は、小さくて顔○の女に、ぞっこん弱いと見た。松田優作と黒澤明監督は、モディリアニには全く興味ないでしょね、きっと。

この二男性の理想の女性が、私にはわかる。だれ？　西岸《さいがん》良平（『三丁目の夕日　夕焼けの詩』など）が描く漫画の女性。まちがいない。

7 フルオヤさんへ

そもそも古尾谷雅人の話をしようとして、松田優作の話で終わってしまったのが前章なのである。

1980年代前半には、わりにいたのだ。松田優作と古尾谷雅人をセットにする人が。

前章で《松田優作について語るさい、必ずといっていいほど引き合いに出されるのが原田芳雄とショーケン》との旨書いた。これは現在でもイキであるが、松田とくれば古尾谷というようなリアクションをする人は、現在はいまい。だが、80年代前半にはいたのだ。

「ワタシね、松田優作は大好きなんだけど、あの人はそんなにタイプじゃないわ」

「松田優作はすごくセクシーだと思うんだけど、あっちはちょっとピンとこないわ」

「おれ、優作はかっこよくて憧れるけど、あいつはそんなに印象なくて」

等々、こういう人々に会うたび、「なんでセットにして話すの？」と違和感をおぼえた。

しかし、こういう人々に会う原因は、私にもあるのである。私が先に、積極的に、古尾谷の話をするからだ。

つまり、私が古尾谷雅人が好きで、好きな彼の話をすると、（自分には）意外なリアクションをされるので、（心中では）むっとして、こういうリアクションをした人たちのことを根に持って……いやその、よくおぼえているわけなのである。

セットにしてリアクションした人たちは、みなさん、松田のほうが好きなのだった。これ自体は妙なリアクションではない。松田はスター性が強力なので、強力なほうに惹かれる人が多いのはあたりまえだ。

ただ注視してほしい。二人をセットにする人々が一様に、古尾谷のことを「嫌わない」ことを。Aのファンが、Aといつも引き合いに出されるBを、嫌うのがよくある現象である。だが古尾谷は嫌われていなかった。

松田と古尾谷をセットにしている人には、古尾谷は「松田のアメリカン（コーヒー）」に見えているのである。エピゴーネンならまだしも、お湯で薄めたような認識なのだ。

ここに古尾谷雅人の悲劇があると思うのである。

この悲劇は、『週刊文春・顔面相似形』に通じる。

二人は目鼻だちが全然違うし、顔型も（前章に倣うなら）O《丸顔》とU《面長》でまったく違うし、年齢も8歳違うし、作品中で与えられる衣装類も違うし、役柄も違う。

なんで二人をセットにして、さらに古尾谷のことは薄めて認識するわけ？

答えは、『週刊文春・顔面相似形』（に代表されるそっくりさんコーナーの類）における、呆然たる

「たんに見《show》」と同じしくみだ。

「似てる」と採用される（票が多い）のは、たんに二人ともメガネをかけている、たんに二人とも髪が長い、たんに二人とも太っている、といったような、呆然たる「たんに見《show》」。


『歎異抄』のダジャレ（みうらじゅんが言いそうな……）


古尾谷と松田をセットにする人は、二人とも背が高い、たんに、これでセットにしているだけだ。

そもそも、二人とも背が高い、か？

古尾谷に対してはたしかに、「背が高い」を第一印象として抱く。

だが、松田に対してはそれはない。むろん背が低いと思うわけではない。ただ真っ先に来る印象が、身長ではないという意味である。


公称身長は、松田１８３、古尾谷１８８。仕事で実際に接した人達からは「松田１７９、古尾谷１９０くらいに感じた」との意見あり。


「もっとよう見んかい」と、たびたび言いたくなった80年代前半。南佳孝『スローなブギにしてくれ（I want you）』のふしで↓ウォンチュー　カレのことを　がん見してくれ。

古尾谷と松田、似てないよ！　古尾谷と広島カープ大野豊が似てるって言うのなら納得するけどさ。

松田はつねに意識して背骨をのばし、ヒールのあるブーツを履いて、そのキメてまっせ感が、高身長の印象を（私には）かえって弱めるのであるが、古尾谷は反対に、なんだかいつも背中をしょんぼり丸め、底のすりきれかかったスニーカーを、踵《かかと》を踏んで履いているような姿勢で、そのちぢこまり感が、（私には）かえって高身長を強調してくるのである。

松田は「アチャチャ、冷たいじゃないの、フージコちゃん」みたいに、可愛い子ちゃんにすげなくされるスキもある、可笑しみ5ccを装備した「かっこいいスター」であるが、古尾谷は違うのだ。全然違う。

40代になってTVドラマで刑事役を演っていたが、スーツだから革靴を履いているはずなのに、ゴム草履を履いているように感じられる、あの天然のしょぼさ。松田とはキウイと胡瓜ほど違う。

情けなさ、イジケ、融通のきかなさ、鬱積が、古尾谷の魅力なのである。

本人はこうした要素を、段ボールに入れて電信柱の下にそっと捨ててきたつもりなのに、家に帰ってふりかえると、クーンと鼻をならして付いてきている小犬のように、それらは、彼から剝がせないのである。

映画に出始めたころは、名前について「コビタニ？」と言っている人がよくいた。私もフルオダニなのかと思っていた。

芸能に従事する者（俳優音楽家や漫画家小説家等）は、名前をおぼえてもらうことも販促の一つである。なんと読むのかはっきりしない対象を、ヒトは記憶に留《とど》めにくいものである。

「そうかコビタニでもなくフルオダニでもなくフルオヤなのか」と正しい読みを知る人が増えたのは、大森一樹監督『ヒポクラテスたち』からで、決定打は翌年の『スローなブギにしてくれ』であろう。

堀田泰寛（群像ドラマ『ヒポクラテスたち』撮影者）はたいへんだったのではないか。出演者複数をカメラを寄せて撮ろうとすると、古尾谷だけ肩から上がはみだすから、ロングにしたくないシーンでもカメラを引かないとならなかったのでは？

崔《さい》洋一監督『いつか誰かが殺される』は、角川三人娘次女の相手役で、原作も赤川次郎で、若い娘さんにもフルオヤマサトと正しく読める人を一気に増やした作品であったのだが、私は内容をすっかり忘れてしまった。

ラスト近く、古尾谷と渡辺典子が、たしか跨線橋のようなところで並んで立って話す。しっとりとしたシーンだった（はずだ）が、映画館の前席の二人連れが、「うわー、すごい身長差」という感想を小声でもらし、私も大いに同意し、何十年もたった今では、この映画の記憶は、ひたすら古尾谷の背の高さだけになっている。

＊

日本アカデミー賞が発足してまもない第二回の、監督賞にノミネートされた田中登監督『人妻集団暴行致死事件』が、私が初めて古尾谷雅人を知った映画である。

若者たちが畑仕事をするシーンがある。長身のせいか下半身が不安定でヘナヘナしている一人が印象に残り、「この人、なんて読むの？」と思ったのだった。

以降、見た出演作の順番は定かではないが、とにかく一番好きなのは、同じく田中登監督『丑三つの村』だ。

映画についてのラジオ番組に出演するときも、雑誌の対面取材で映画について話すときも、稿では、何十年もの間、必ずこの映画を入れていた。

《あなたの好きな日本映画ベスト3を教えて下さい》といったようなアンケートや特集への寄迷うことなく、この映画を挙げたが、毎回、局スタッフや取材記者は、「ああ、あの、〈祟りじゃ〜〉のやつですね」と、東宝の野村芳太郎監督『八つ墓村』とかんちがいした。

なんだか、ここにも古尾谷の悲劇があるような気がする。松田より、『八つ墓村』主演のショーケンこそ、ダメさや甘え等で、古尾谷とどこかかぶらないか？

両作ともに実際にあった事件（津山三十人殺し）に関係する映画である。すると、せっかくの大々的主演なのに、すでに「スター」であったショーケンの陰になってしまっている……。

〈祟りじゃ〜〉のほうは、事件から「着想を得た」というスタンスだが、『丑三つの村』は「ベースにした」というスタンスで、こちらのほうが事件との距離は近い。

近いが、映画であり、あくまでもフィクションである。実に秀作なのである。

監督も、脚本の西岡琢也も、あくまでもフィクションとして犬丸継男《つぎお》という主人公を造形していて、これがまさに古尾谷雅人のために、古尾谷雅人のためだけに用意されたようなキャラクターだ。

1938年という舞台も、その時代の衣服も柱時計も、閉鎖的な村の家々も、障子も斧も懐中電灯も、全部そろって古尾谷雅人＝犬丸継男の個性をひきたてている。

いかなる個性かといえば、そう、情けない、融通のきかない、鬱積した、哀しい性《さが》である。それは、身勝手な傲慢と表裏一体で、いっさい庇《かば》えるものではない。身勝手な抒情、陰惨な憂愁といったアンビバレンツで、日本映画史上に特筆されてしかるべき一本である。

共演がまた全員すばらしい。全員が「ううむ！」と唸る存在感で、共演者全員、ここに名前を記したいくらいだが、夏八木勲《いさお》、池波志乃、田中美佐子、原泉、など、この映画における共演の優秀さとして、すでに他のどなたかが言及なさっているのはまちがいない人を避け、ここは元ずうとるび新井康弘を代表にしておこう。

この映画での新井は、村の近親婚を嫌悪し、村の閑暇を馬鹿にしながらも、都会で身を立てるようなことはできず、でもそれなりに要領よくやっていっている小者像を、数秒の出演時間でうまく出している。30年代の電車の座席も窓もよい。ワンシーンの共演者、美術ですら、この映画はいいのである。

今回の原稿を書くにあたりロケ地を検索したら（私の）出身地の滋賀県だと知り、よけいに

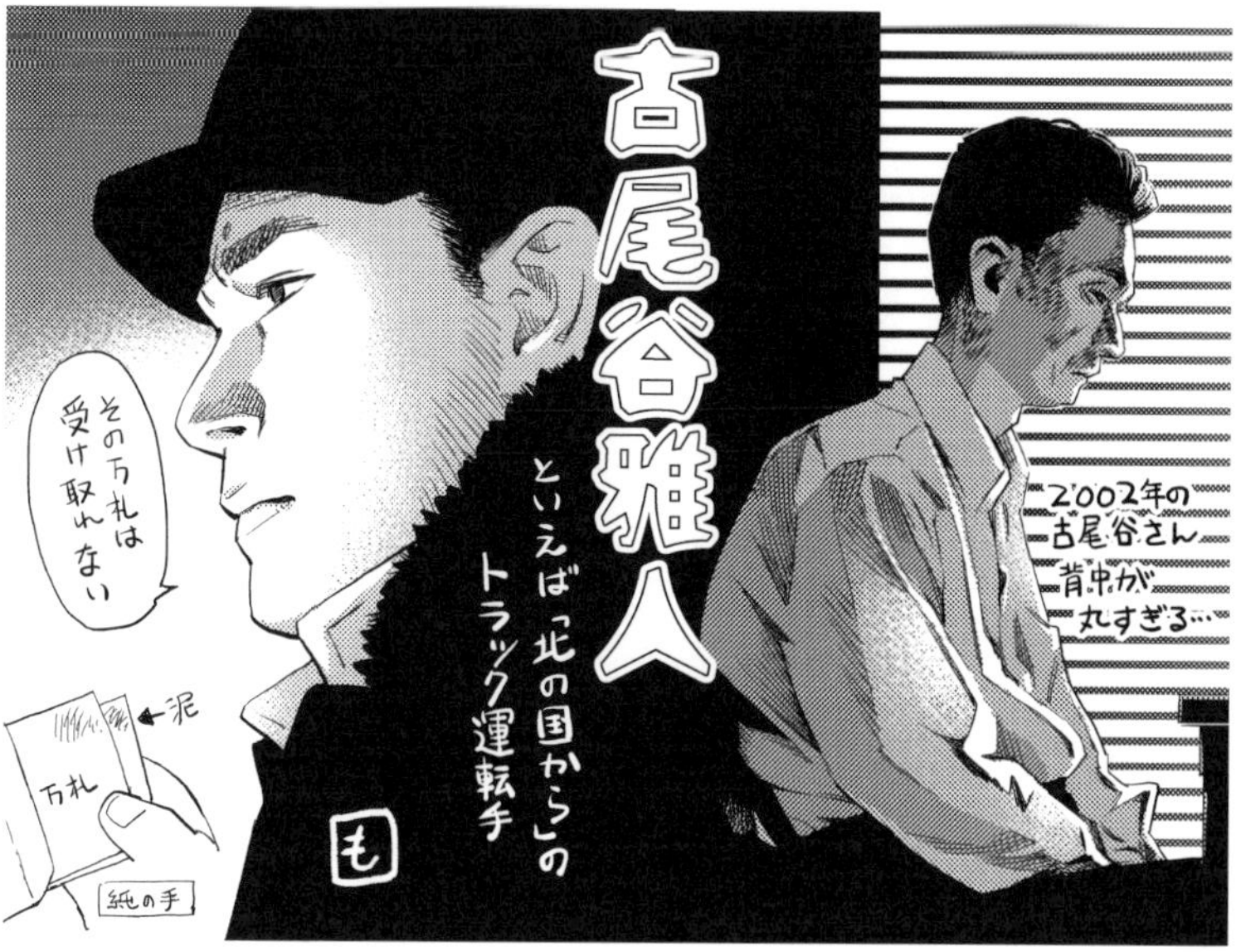
古尾谷雅人
といえば「北の国から」のトラック運転手
も
その万札は受け取れない
泥
万札
紙の手
2002年の古尾谷さん
背中が丸すぎる…

感慨が増した。

　この映画を見たころ、私は20代だった。年収100万円くらいだった。

　電車の棚に捨ててあった新聞を読んでいると、バレンタインデーに向けて、メリーチョコレートが「愛の詩コンテスト」なるものを開催する広告を出している。

　一等と二等それに四等と五等が何だったか忘れたが、三等は大きな箱にいろんなチョコレートがどっさりの詰め合わせだった。おぼえている。三等をもらったからだ。

　詩作の嗜《たしな》みなどなく、事務員のバイトをしていた画廊が、めったに人が来ず静まり返っていたので、コピー用紙を一枚ちょうだいし、ふと書いてみた。ちゃんとセックスがともなう男女交際をしてみたいです、というような心情を。

「女の小説家＝恋愛経験豊か」と思い込んでいる人が、令和になってすら多いので困るが、学校時代をふりかえれば、これが誤りであることがわかろう。あなたが男なら思い出せ。眼鏡をかけて教室のすみっこでいつも何かを読んでいる、容貌の冴えない女子が、通った学校に必ずいたろう？　ああいう存在あがり（丁稚《でっち》あがり、役人あがり等のあがり）の女が、豊富になれるか？身近な異性は、遠いスクリーン中の異性くらいだ。そんな乏しい経験のポエムだ。

【詩】　フルオヤさんへ

魔法でえりさんみたく美人にしてもらおう。

そしたらフルオヤさんに頼もう。

もし、「いいですよ」と言ってもらえたら、お風呂に入って歯を磨く。

裸になって布団に入って、始める前に布団をかぶってお辞儀して、フルオヤさんに言おう。

よろしくお願いします。


短い。多数の応募力作を読むのに疲れていた選考委員に、短さで採用されたのかもしれない。

「花より団子」とはよく言ったもので、賞品が届くと、フルオヤさんといっしょに食べる空想は浮かばず、「わーいチョコレートチョコレート」と一人で食べた。貧乏生活で日々、空腹だったので、本当に助かった。

＊

「愛の詩」に応募してから十年ほど後。

実物の古尾谷雅人に会った。

場所は中央区銀座。路上。細い道。夜。十時過ぎ。

その時私は、仕事で知り合った女性記者と並んで、地下鉄駅に向かって歩いていた。私より十歳年長の彼女は映画通だった。

十数メートル先の男性を見た。背が高くて目立ったのだ。記者と私は同時に小声で「あ、古尾谷雅人だ」。

彼のそばには、ロングヘア、膝丈のワンピース、黒い幅太ベルト、ゴールドのアクセサリー、ピンヒールの銀座ホステスさんファッションの女性が三人ほど。

一行はこちらへ、私たちは向こうへ。距離が縮まる。私はガマンにガマンを重ねた。「握手してくださいッ」なんてくらいじゃなく、『丑三つの村』がいかによかったか、滔々《とうとう》と述べたいのを。

でも、ガマンした。そんなことをしたら、横にいる都会育ちの、中高一貫私立女子校卒の、年長の、私を含めいろんな小説家について手厳しい評を下す記者に「バカみたい。芸能人なんかに声かけて」と思われると恐れて。

一行とすれちがう。ガマンできずに、私はチラッとだけ彼を見た。見たから向こうもチラッと見た。

その夜からまた十年ほど後。古尾谷雅人は自殺した。

【詩】 フルオヤさんへ

書いた日　令和4年2月3日

フルオヤさん、あなたはどだい主役ではありませんでした。
あなたの持っている魅力は、主役になるのを妨げるものなのです。あなたは「とびっきりの名バイプレーヤー」と言われる、なんとか賞助演男優賞を複数回受けていいようなタイプの俳優だった。
あなた自身は、それがどうしてもいやだったのかもしれません。そして、それがどうしてもいやなところこそが、あなたの、長身なのに長身に困っている、もどかしい魅力で、そんなもどかしい魅力は、出演作品でいつもほとばしっていました。
銀座で、あの夜、あなたに言えばよかった。

なのに、横にいた記者にバカにされるんじゃないかと、そんなことで、私は怯えたのです。私も、フルオヤさんと同じように、融通のきかない、小心者で、だからあなたに親愛の情を感じていたのでしょう。

今は、あの夜の、自分の、ナサケない、しょぼい虚栄心に、腹がたって腹がたってなりません。

言うんだった。あなたが目の前にいたのに。

あなたに直接言うんだった。

冴えない私が、たとえ言っていたとしても、あなたには力にならなかったでしょうけれど、それでも、きわだつ助演俳優、フルオヤマサトに惹かれていた観客がいっぱいいたはずだと、今さらながらでも、私はあなたに言いたい。優作になろうとなんかしないで。全然違うんだから。

よろしくお願いします。

8 小池栄子の白目

小池栄子は女性である。女性に人気がある。

なので今後も幅広く仕事をされてゆかれるであろう。俳優、ＣＭ＆ＴＶタレント、モデルといった職業は、同性に好かれないと長続きしない。

小池栄子が有名になったきっかけはセクシーグラビアのモデルとしてであった。その時点から、彼女は女性に人気があった。

絶対数としては少なかったかもしれない。理由は単純で、セクシーグラビアを見かける機会の多い女性の数は、化粧品やバッグの広告写真を見かける機会の多い女性の数よりずっと少ないため。

だが、いないわけではない。セクシーグラビアを積極的に見る女性もいる。大好きな女性、切り抜いてスクラップしている女性もいる（例・筆者）。そういう女性はデビュー時から小池栄子を知っていて、デビュー時から好感を抱いていた人が多かった（推測。自分がそうだったので。小池サトエリＭＥＧＵＭＩ根本のイエローキャブ四天王は全員好きだった）。

布面積の小さな衣類を着て、男性の性欲を刺激するような表情で写真モデルをするような女性が大好きな女性は多くはないかもしれないが、こういう女性を嫌う女性もそんなにいない。つまり、こういう女性は、女性からさほど嫌われない。

この事実に、男性は意外に気づかない。

同時に。お尻とおっぱいを強調した衣類を着て、真っ赤な口紅を塗ったような女性は、男性からはさほど好かれない。日本に限れば、むしろ嫌われることのほうが多い。

この事実に、女性は意外に気づかない。

お尻とおっぱいを強調した衣類を着て、真っ赤な口紅を塗った女性というのは、セクシー「ということになっている」女性である。「ということになっている」だけで、じっさいには日本男性のペニスを萎《しぼ》ませる傾向がある。

1955年アメリカ映画、ジョシュア・ローガン監督『ピクニック』と、1970年北島洋子先生『さようなら夏の光』を思い出してほしい……と言っても、あまりにピンポイントな(あまりに自分勝手な)2作品過ぎて、読者のうち、思い出せる人の数は6人くらいしかいないかもしれないが(とくに北島洋子先生の『りぼん』掲載の読み切り作品のほうを思い出せる人がいてくださるかどうか)、この2作品は、近年ならいざ知らず、1980年より前の日本においては「ありえない!」と叫びたい理由が同じな2作品なのである。

小6以前に読んだ漫画については、作者にどうしても〈先生〉をつけないと落ち着かない。

2作品とも、姉にコンプレックスを抱く妹が出てくる。世にありうる設定であろう。姉が妹に抱くケースもあるだろう。

だが姉妹という設定は、今回は忘れてください。着眼してほしいのは、姉妹というより、A女とB女の外見だ。

2作品とも、B女（妹）がA女（姉）にコンプレックスを抱いて、「どうせ私はAちゃんみたいじゃないもん」と拗《す》ねている性格設定なのである。

『ピクニック』では、A女をキム・ノヴァク、B女をスーザン・ストラスバーグが演っている。『さようなら夏の光』のA女B女の外見差も、キム・ノヴァクとスーザン・ストラスバーグの差だ。

旧ムービーの女優に詳しくない方のために端的に説明すると、キム＝B98W58H98、スーザン＝B85W58H88みたいな外見。現代の日本人タレントにたとえれば、キム＝叶恭子、スーザン＝宮﨑あおい。恭子ばかりが男性に愛され、あおいは男性から見向きもされない、という設定。

幼かりし日の筆者が、若かりし日の筆者が、『りぼん』を前に、TV映画劇場を前に、「ありえない！」と叫んだ気持ちが、この二人の外見を出せば6人以上から、「わかる！」と共感してもらえるだろうか。

男性読者が共感してくれるような予感がする。だが、共感してくれた男性読者の頬を、「フン、やっぱりね」とピシャリと打ちたくなるのである、私は。
この打擲《ちょうちゃく》欲は、2作品よりさらに前に見た『奥さまは魔女』に遡る。

サマンサのイトコにセリーナという魔女がいて、サマンサとそっくりという設定だからエリザベス・モンゴメリーが一人二役演っていた。

先述の「お尻とおっぱいを強調した衣類を着て、真っ赤な口紅を塗ったような女性」のキャラがセリーナで、ダーリン（サマンサの夫）を誘惑するようないたずらをして、ダーリンがあわやひっかかりそうになると、「セリーナったらもう」とサマンサが現われるのがいつものパターンだった。

8歳の筆者は、セリーナが好きだった。サマンサより大好きだった。セリーナが登場するとうきうきした。なのに、同級生の女子も男子も、家に来る大人客も、誰一人、セリーナが好きではなかった。というか、セリーナという役が印象にある人がいなかった。

なぜ、こんなに魅力的な存在が目に入らないのか！　周囲の無理解に怒りでぶるぶる震えた幼少期。「こんなセンスのない田舎町は脱出してやる！」と怒って東京に来たら、東京で知り合った（交際したという意味ではない）男性たちも、セリーナのような女性に関心を示さないどころか、積極的に「ああいうタイプはどうもニガテで」と言う人ばかりだった。

首都圏というのは私立も公立も別学が多いから、男子校出身者は、「デカおっぱいええど、ケツむちええど、うっひょー」などと、女子相手にしんみり語ってはいけませんという別学的教育を受けたのかもしれないね……と、首都圏在住年数が長くなってからは、思うようにもなったが、この問題は尻と乳のサイズより、核心は「セクシー」であろう。

セリーナから始まり、『さようなら夏の光』と『ピクニック』を経て問うのであるが、セクシーな人（男女ともに）というのは、多くの（平成以前の日本）人にとっては、非魅力的なのではないか？

『ピクニック』を見た日本人は、男性も女性も、

「えー、妹（スーザン・ストラスバーグ）のほうがいいじゃん」

「へんなの。妹のほうが美人に見えるんだけど」

「このお姉さん（キム・ノヴァク）なんか、オバサンじゃん」

という感想を抱く人が圧倒的に多いのでは？

そりゃ私は抱かなかったよ。だってセリーナ大好きだったからね。小6からラクウェル・ウェルチがズリネタだったからね。映画『地獄の黙示録』で、密林の川を舟で二人で行く主人公が、もう一人から「こんなところで誰に会いたい？」と訊かれて、考えてるあいだに、訊いたほうが先に答えたセリフにわくわくして、『ショーシャンクの空に』でも、主人公の独房のポスターにわくわくして、カンザス州っていう州名を聞いただけでも『カンサス・シティの爆弾娘』を思い出してわくわくするんだから、カンザス州が舞台の『ピクニック』で、キム・ノヴァクだったら、断然A女ですよ、私はね。でも、多数派の日本人はB女に惹かれるのだろう

と思うわけさ。

なぜか？

細いから。細い＝清純、という刷り込みは、日本では根強くないか？

北島洋子先生の『さようなら夏の光』も、B女はA女より細い。だが、同じ二女対比の設定でも、さすがは傑作揃いの『りぼん』読み切りシリーズ。思春期の自意識のひきつれが繊細に描出されていて、作品の出来ばえは『ピクニック』よりはるかに優れている。

’70大阪万博までの少女漫画史上に残る秀作で、ラクウェル・ウェルチが大大好きな私でさえ、B女に肩入れしてしまう。フランス映画の鬼才カトリーヌ・ブレイヤ監督は、北島洋子先生の『さようなら夏の光』を少女期に読んだのではないかと思ったくらいだ。

つまり、2作品はどちらも「B女（妹）の勝ち」なのである。A女（姉）は、なぜ日本人に受けないか。

明瞭だからだ。

「5の付く日はセックスまでする。3の付く日は食事だけで帰ることにしよう」と決めておくデートは、たいへん明瞭で、これなら「つきあう」だとかいう、忖度義務いっぱいのメンドウなことも、仕事や日常雑事（燃えないゴミを出したり浴室の壁の黴《かび》掃除など）と両立させることができる。

明瞭であれば、5の付く日には、互いに相手の性欲を刺激する下着を身につけ、レストランでの食事のあとには、その店のトイレできちんと歯磨きをして、支払いをすませて、ほろよい気分で月夜の歩道を二人で歩いて、酔った勢いでシャイな日本人気質を捨て、路上でキスをして、セックス可能な室内にスムーズに移行でき、そこにおける行為も心おきなくエンジョイできる。

「ナイース！　明瞭だとメリットばかりじゃん」

と、膝を打つ。一部の人は。（さらなる詳細は拙著『レンタル（不倫）』にて）

しかし、なぜか多数の人は、明瞭だと性欲を刺激されないのである。

性欲を刺激される、などという表現がすでに、性欲を刺激しないのである。なんでって、とりもなおさず、明瞭だからだ。

「いかにもっていうんじゃなくて」「どうも気づいてないみたいらしく」「なんとなく、ほわ〜んとして」等々の、行灯《あんどん》的曖昧さに、多くの人は刺激されるらしい。

この傾向を逆手にとって、「明瞭」をコミカルにパフォーマンスしたのが黒木香（注・瞳ではない）だった。

叶姉妹、その後の壇蜜のパフォーマンスが世間で受容されるのは、黒木香様が荊《いばら》の道を血だらけになって切り開いてくださったからこそだ。

黒木香が開拓した道筋にある女性パフォーマーを（一般女性でも）、女性は嫌わない。積極的に応援し、積極的に好む女性も少なくない。

女性が忌み嫌うのは、「明瞭」ではなく、「曖昧」を人目につかぬように明瞭にコントロール

する女性である。

卓越したコントローラーを、古くは、カマトト、ちょっと前にはブリッコ、猛禽《もうきん》ちゃん、などと呼んだ。若いころは筆者も虫が好かなかったが、今からすれば、歴代の同性から嫌われてきた女性の顔ぶれは、コントロールといっても、うぶなふりをするくらいで、難易度は札幌五輪のジャネット・リンのスケートの技レベル。そんなにさわぐほどの狡《ずる》さじゃないよと庇ってあげる。最近の曖昧コントローラーは、北京五輪のアンナ・シェルバコワくらいのテクニックなので、女性に嫌われるとすれば、これくらいのテクニシャンである。Y・YやK・Kなどは（肩書も伏せる）、羽生結弦レベルの高難度テクニックのため、同性の1／3もころっとだまされてしまう。

小池栄子は、この種のテクニックはゼロだ。セクシーグラビアでの活躍時から、彼女は「明瞭」

である。

現在の彼女の人気は、デビュー当初からの女性人気が堅実に貯金されてきた表れだ。

もちろん男性にも以前から人気はあったし、今もあるが、以前とは好意の質が変化していると思う。

グラビアモデルという、すがたかたち（外見）だけを、ただ見せる仕事とはちがい、彼女の「明瞭」が表に出るトーク番組や俳優業がメインになってからは、女性が小池を好くのと同種の好意を、男性も抱くようになってきていると思うのだ。

そのあたりの魅力について語るのは他の方にお譲りいたしますので、本書は『顔面放談』、私は小池栄子の顔の魅力について述べたい。身体の魅力については、これだけラクウェル・ウェルチ大大好きと言ってきたのだから、言わんでもよかろうし、これこそ、いっぱい語りたい他の人がおられよう。おまかせしますよ。

小池栄子の顔はスカッとする。

閊《つか》えたものが、スカッと除去される顔をしている。

このスカッとする心地は、ハードボイルドにしなかったのに上手に剝《む》けた時に生じるものと同じである。

ハードボイルドというのはフィリップ・マーロウとかのあれではなくて、ほんとうの茹でたまごの茹でかげんである。剝くのは殻である。

茹でたまごを作るにあたり、たまごを冷蔵庫から取り出してすぐに（室温になじませないまま）沸騰した湯に入れたりすると、割れることがある。そのまま茹でつづけると、割れたところからあぶくのようなものが噴いて、剝くとたまごの形が崩れてしまい、いやだ。

もっといやなのは、タイマーで時間を計って、70％茹でになるよう茹でた時に、よくおこる事態。剝こうとすると、殻と白身が密着して、なかなかまとまって剝けず、小さいカケラみたいな殻が気味悪くぶちぶち白身にくっついて、いらついてとろうとすると、ガボッと黄身が露出して、不格好きわまりなくなる。

殻を剝きやすいのはハードボイルドだが、味としておいしいのは、どろりと黄身が流れず、半熟よりは、もうちょっと固い70％の茹でたまごなわけで、なのに！ときに、絶妙の70％茹でであるにもかかわらず、まるでハードボイルドを剝くように、つるっつるっと殻が剝けることがある。

スカッとする。

こういうスカッとする心地、そんな顔が、小池栄子の顔なのだ。

肌の色と、目鼻口の配置が絶妙にマッチしていて、しかもそれが、見る者に「絶妙ですね」と感じさせない。たまごを70％茹でにするのは、きわめて難しいのにもかかわらず、この茹で方ができた時に、「これ、作るの、たいへんだったでしょう」と感心する人が、きわめて少ないように。

そして、小池栄子の顔のきわめつきは目。白目が多い。河合奈保子や内藤洋子と画像を並べたらわかる。小池は白目が多い。

現在よくTVに出ている芸能人は黒目を大きく見せるコンタクトレンズを装着しているので、この種のレンズが開発されていなかった時代の芸能人と対比。

小池の顔の魅力は、この白目だ。「剝くのが難しい茹でかげんに仕上がったにもかかわらず、ハードボイルドのたまごのように殻が剝けて、中から現われた白身」のようにつるっとした白目である。この白目により、小池栄子が出てくると、見た者は、スカッとした気分になるのである。

小池栄子の演技力に納得する作品はいくつもあるが、彼女の白目のパワーで、作品全体が支えられているという点で見ものなのは成島出《いずる》監督『グッドバイ～嘘からはじまる人生喜劇～』。小池同様、才気煥発で名を馳せた高峰秀子（三枝子ではない。デコちゃんのほう）が演った役。新旧見比べの楽しみもアリ。

9 「顔面相似形」ヒメノ式・中期発表

20年以上にわたり投稿を続けてきた、『週刊文春』の「顔面相似形」コーナーに別れを告げたことは、1章で申し上げた。

かのコーナーの近年の、無理やりな似させ方（お笑い芸人にメイクや扮装をさせる）や、似ていると持ち出してきたモノ（人間以外のアニメや物体）でウケようとする苦しい路線が原因だったことも。

1章では、私の《発見》をいくつか発表した（注・《発見》＝似ているペアに気づくこと）。久しぶりに、今回は別の《発見》の一部を発表しよう。

【《発見》ノート】にためてあるペアのうち、腹の立つ《発見》を中心にする。

「似ている」と発表しても同意してくれる人が少ないと腹が立つ。そして、私の《発見》は、よく、こういう目にあう。

あうが、いっぽうで、「ほんとだ。気がつかなかった」と、目から、鯉や鰯レベルにウロコを落とされる方も、いて下さる。負け惜しみに聞こえるだろうが書き添えておく。

では、「なんでわからないのよ！」と憤った度合いの強い《発見》を発表するとしよう。BGM

演奏は、フォルカー・シュレンドルフ監督『ブリキの太鼓』のオスカルくん。彼が太鼓叩き、私が「キーッ！」と叫ぶ分担で。

まず、佳子さま。

「かこさま」と平仮名入力しただけで、検索エンジンが「佳子さま　かわいい」という検索候補を挙げてくる。「皇室最高の美少女」という候補もある。

そして、「佳子さま　なぜかわいいの？」「佳子さま　だれにも似ていない理由は？」という類の質問もけっこう出てくる。恐ろしい質問である。こういう質問をする人は、自分が気に入った容姿しか肯定できないのだろうが、その視野狭窄的な審美眼が恐ろしい。

不特定多数が見るインターネットの質問コーナーのような場所へこうした投稿をするのは、自分の容姿に無遠慮なまでの自信があるのだろうか、それとも、自分の容姿が認められない鬱屈なのだろうか。いずれにせよ、恐ろしい。

いけない。話が逸れてしまった。「佳子さまがどなた似か、なぜ、みんな気がつかないの？」という話をしたいのだった。佳子さまが皇室のどなたに似ておられるのか、気づかない人が多すぎる。

佳子さまは、曾祖父、昭和天皇似でいらっしゃる。

お顔型（全体の顔型、顎、額のカーブなど）、お顔と首のつながり方、身体全体の骨格（男女差を引いて）、口元、目元。なにより■。よく似ておられる。

■の部分を、いったん伏せるのは、先に、今ここを読んで下さっているあなたと親族の、「似た箇所」の体験を思い出してほしいからだ。

たとえば私は、足と手の、爪の形が、亡父のそれのままである。『源氏物語』の時代、下位の者は御簾《みす》の向こうの上位の者に直答できなかったように、家の中で下位である私は、上位の父親の顔を直接見たり、話しかけたりできなかったので、手指の爪については棺桶の中の父親のそれを見たのであるが、同じだった。足指については、彼のそばに寄るときは頭を下げているので、生きている父親のそれらを、見る機会がよくあった。私の足の親指、ひとさし指、中指……そっくりそのまま、同じ形で付いていた。

またたとえば、市バスで遭遇した50代の父親と20代の息子（会話でわかった）。二人は私の前席に座っていた。二人とも柔らかく少なめの髪質で、首の付け根の毛が、二人で合図でもし合ったかのように、そっくりそのまま、右斜め下に、斜めの角度まで同じに流れていた。

たいていの子にとって、親に似ている部分を知るのは、いい気分がしない（と推測するのは、自分がそうだからで、美しい母を慕う子などは、そうでもないのかもしれないが……）。それも、鼻だとか目だとか、人が人を見るときに注視する部分ではなく、爪の形だとか毛流だとか、ミョーにちっぽけな箇所が、そっくりそのままだと、遺伝というものをまざまざと見せつけられたようで、ゲッという気分になる。が、これもまた私の感覚であって、食品メーカー・電力会社・ガス会社などのCM的なあたたかい家庭に育った人は、学術的関心からインタレスティングだなあとスマイルするのかもしれない。

先の■に入るのは眉である。佳子さまと昭和天皇は、とくに眉が、その流れ、量など、よく似ておられる。

一般国民がなぜ、似ていることに気づかないのかというと、昭和天皇のお若いころのスナップ写真を見る機会がないからだ。かつては写真というものは、記念写真しか撮らなかった。皇室記事やウェブで一般国民が目にできる、お若いころの昭和天皇のお写真は、みな専属の係が撮った記念写真であり、きちんとレタッチされたものである。

戦後、国民が目にした昭和天皇はもう佳子さまのような年齢ではなかったし、平成以降となると、国民の記憶にある昭和天皇は、白い髪と眉の、お年を召して自然に目も細くなったお顔だけと言っても過言ではなかろう。

そのため、お若い佳子さまと見比べようという発想をする人の数が少ない。それでなくても、男女の「似ている」には、人は気づきにくい。私も、骨格や毛質や頭蓋骨と首のつながり方といった、レタッチやアイライナーを駆使したメイクが入り込みにくい部分を注視してやっと、曾《ひい》お祖父さまと曾孫姫の微笑ましい似方に気づけたのだった。だが、私のこの《発見》には「エーッ?!」という反応ばかりである。すぐに気づけないのはしかたないとしても、気づいた結果を理解されないのはくやしい。

くやしいが、この憤りで、再確認できた。眉は人の顔の印象を強く決定づけるということだ。ジャズダンスのレッスン後、湯船につかっていた私のすぐ横でニコニコして声をかけてきてくれた人。間近に顔があるのに、「だれ?」とわからなかったのは、ペンシルで描いていた眉が流れ落ちていたからだった。眉が消えていたわけではない。メイクで整備した状態ではなかったというだけで、親しい知人がわからなくなるくらい、眉は印象決定の部分?(アイテム?)なのである。

『源氏物語』の時代、調髪ならぬ調眉は貴人に不可欠の嗜みであったから、佳子さまの眉は、まさに高貴のお手入れようである。みなの者、畏れ入られよ。

小室眞子さんと黒木メイサ。

この《発見》には、「エーッ!」が来てもしかたがない。《沢村貞子×ベティ・デイヴィス》、《ボブ・ディラン×寺山修司》、《村上弘明×中山仁》、《沢尻エリカ×あべ静江》、《風間トオル×藤田朋子》、《桐野夏生×大楠道代》のような似方ではない。

《俳優の村田雄浩《たけひろ》の若い頃×布袋《ほてい》の妻、今井美樹》の似方だ。「こことハッキリ言えないのだけど、でも、なぜか似ている」ような似方。《村田×今井》は、歯の生え方とか、笑ったときの頬のふくらみ加減とか、肌の質感とか、何かがどこかが似ている。似ていることに気づくと、ここと言えないことがもどかしくなる似方。

眞子さんとメイサは、このタイプの似方なのである。二人は、アイメイクとリップメイクが大きく違うが、目元というか目つき（目の表情）と、写真に撮られるさいの口の閉じ方が「意外なそっくりさん」だ。ぜんぜん似ていないと感じる人のほうが多いとは思う。ただ、似ていないと感じる大きな原因となっているのがヘアスタイルであることに、多くの人が気づかないことがもどかしい。またなにより、あれほどまで皇室を脱出したいと切望していたであろう御本人が、皇室そのもののヘアスタイルを頑なにキープして（とくにニカワで固定したような前髪）いることに、少なからぬ苛立ちをおぼえる。せっかくニューヨークに移住されたのだから、長めショートのウェービーウルフカットにトライしてみるなど、ヘアスタイルを変えるくらいの冒険はなされればよいのにと。

浅丘ルリ子と細川ふみえ。

最近の《発見》ではない（浅丘ルリ子より細川ふみえが、もうデジタル世代はわからないかも……）のだが、発表するたびに「エーッ?・」の反応だったので憤る。

二人は口も目もそっくりだし、肌の質感も似ている。「エーッ?・」になる雰囲気重視の人々の、「エーッ?・」になる理由は以下だ。

浅丘ルリ子と聞いて頭に顔がすぐ浮かぶ人＋検索して画像を見る人は、どちらも、中年以降の浅丘ルリ子の顔を浮かべ、中年以降の浅丘の顔を画像検索結果として見る。そして、浅丘の顔立ちはまったく見ず、浅丘の化粧（爪の化粧も含む）だけを見る。

　細川ふみえと聞いて頭に像を浮かべられる人＋浮かばないから検索する人は、どちらも、細川ふみえの顔を見ない。おっぱいだけ見る。

　と、どういう見比べになるか？

「濃いアイラインと付睫毛と濃色の長い爪」vs「おっぱい」。浅丘や細川の、鼻や目や口の形は目に入っていないのだ。まるで辻井伸行ピアニストと仲邑菫《なかむらすみれ》棋士ではどちらが上手いか比べるようなことをするので、何を比べたらいいのか理解できず、「エーッ？！」になるのだ。

とりあえず、『緑はるかに』と『愛は降る星のかなたに』で画像検索して下さいましよ。

　個人的にはメイクが濃くなってからの浅丘ルリ子のほうが好きだ。岸恵子より浅丘のほうがフレンチ・テイストで、女優としてぞくぞくする面白味がある。

カルロス2世とマコーレー・カルキン。

けっこうな《大発見》だと思っており、自慢だった。

コロナ禍前でも、職業柄、人と会う機会がめったにないので、貴重な、会う機会には、この《大発見》を、鼻高々になって発表していた。

だが、同意者＝0人。ただしスマホ普及前。その場ですぐに画像検索ができなかった時代。

「なんでよ！」

憤っていた。

発見後十数年たった今は、同意者ゼロだった理由は、まあ、納得しているのである。

ゼロの理由、その一、マコーレー・カルキンのほうは、スクリーン上とはいえ、動いているところを見たことのある人がいるが、スペイン・ハプスブルク家最後の国王、カルロス2世は、だれも見たことがない。私も見たことがない。

その二、マコーレー・カルキンと聞いてすぐに頭に像が浮かぶ人の9割が、映画『ホーム・アローン』での顔を浮かべている。映画を見なかった人も、ポスターで見かけた子役時代の顔を浮かべている。

その三、子役時代のマコーレー・カルキンを頭にすぐ浮かべられる人は、友達や家族といっしょに、明るくたのしい映画を見るようなことが好き＆一人で絵画鑑賞することはあまりない、という確率が高く、カルロス2世の像が浮かばない。

ここまでは十数年前にもわかった。私がイメージするカルキンは、成人後の、アルコール・薬物依存症ではないかと心配されていた姿だけだった。『ホーム・アローン』はポスターを見ただけで見る気の失せる映画だったので、子役時代の顔などすっかり忘れていた。「そうだな、同意者がいないのもしかたないな」と思って日々が過ぎた。

ある日。中野京子さん（著書に『怖い絵』などヒット多数）の講演に行き、幸いにも中野京子さん

と御挨拶する機会を得た。

「おお、中野さんなら！」

と、自分の《発見》を自慢するにこれぞ最適の、美しき獲物に狙いを定めた私の目が輝いたのはお察しいただけるであろう。初対面にもかかわらず、いきおいこんで《発見》を発表した。

「カルロス2世とマコーレー・カルキン？」

中野さんは知的に復唱。ああ、やっと同意者が現われる。それも中野京子さんというビッグネームの同意者にウケて笑ってもらえる。私が期待に胸をふくらませてリアクションを待った結果は、

「マコーレー・カルキンってだれ？」

であった……。そうだ。カルロス2世がパッとわかる人はマコーレー・カルキンがわからないという「逆」もあることに、私はまるで気づいていなかったのである。憤りといっても、自分に対する憤りの《発見》例である。

最後に、憤りなきすなおな《発見》も発表しておこう。

マルチェロ・マストロヤンニと佐藤英夫。

マストロヤンニは「検索しなくても顔が浮かぶ」人が世界的に多いだろうが、佐藤英夫は難しい。

映画出演では今村昌平監督『豚と軍艦』が代表（映画自体に強烈パワーがある）だろうが、佐藤の立ち位置としては、TVが一家に一台だった時代の、数々の名作TVドラマで活躍した名バイプレイヤー、というのが一般的かもしれない。名前を聞いて（見て）わからなくても、顔を見たら、中高年以上なら「ああ、この人か」とわかるはず。心臓の薬『救心』のCMに出ていた人、と言ったら、もっとわかる人が増えるかな。

私にとっての佐藤英夫は、なんといっても「チャコちゃんのパパ」だ。チャコちゃんというのは、ケンちゃんの姉。子役の宿命で、年長《とした》けると、主役は弟のケンちゃんになり、なんとか屋ケンちゃんシリーズへとつながっていくのであるが、子役・四方《よも》晴美とほぼ同い年だった私の小学生時代は、『チャコちゃんハーイ！』から『チャコねえちゃん』の放映期間とぴったり重なる。

その期間に、パパ役は、四方晴美の実父の俳優、安井昌二がすることもあったが、佐藤英夫のほうが、より「当時の世間のお父さんの代表のよう」な雰囲気を出していた。というのも、それが佐藤英夫の持ち味で、「ふつうの人」をやらせたら右に出る者はないという、アンビバレントめいた右に出る者のなさぶりであった。

小学生だったので佐藤英夫という名前を知らぬまま、ただ「チャコちゃんのパパ」と認識していた。

中学生になり、映画を食い入るように見るようになると（田舎町ゆえ映画館に行くのはままならず、TV映画劇場でしか見られなかったとはいえ）、マルチェロ・マストロヤンニを知った。当時、「世界一の美人」と形容されていたカトリーヌ・ドヌーヴと、共演をきっかけに恋仲になったとのニュースを『スクリーン』誌で読んだときは、「ザ・女優」然としたカトリーヌ・ドヌーヴとマストロヤンニのツーショットの写真に、なぜか違和感をおぼえた。

「そうか。あの違和感は、金髪で毛皮のコートの女優の腰に、チャコちゃんのパパが腕をまわしていたからだ」

と、わかったのは、マストロヤンニの主演作品を、TVではなく映画館で何本か見て、彼と佐藤英夫が似ている《発見》をした後である。

マストロヤンニの『ひまわり』『昨日・今日・明日』などは、チャコちゃんが向こうに見えてもよいのだが、『甘い生活』『ひきしお』となると、やはりなんか違和感が……。

TVドラマのケンちゃん、と言うと、50歳未満の人は見たことがないから無反応。50～60歳の人は「知ってるよ。家の商売がいろいろ変わる子供だろ」とすぐにリアクションしてくれる。が、同時に「えっ、ケンちゃんって、お姉さんがいたの？」と驚くので、今度は還暦超えの者が、それに驚く。

いたんだよ！　もともとお姉さんが、このシリーズを有名にしたんだよ！　それがチャコちゃん。

実生活のチャコちゃんはお母さん似であった。お母さんは小田切みき。

小田切みきは、黒澤明監督に抜擢され（左幸子を蹴散らして）『生きる』に出演した経歴の女優である。で、小田切みきと矢口陽子（黒澤夫人）はそっくりである。デコちゃん（高峰秀子）と黒澤明監督が、大人の交際に至る前に、デコちゃんのステージママに猛反対されて引き裂かれたことが、デコちゃんの自伝に綴られており、そのことで、「黒澤監督にとって高峰秀子は永遠のマドンナなのではないか。だから、彼女のおもかげを追っているのではないか」というようなことが、映画マニアのあいだではささやかれているが、いやいや、「男と女」というのは、そんな複雑なことではなく、あっけにとられるほど単純なことで惹かれあうんだと、余計な忖度の失せゆく老境で私は思うのである。

いまいちど、6章のオマケのページにもどってください。黒澤監督は、とにかく○の顔型の女性が好き♡、それだけのことでは?

チャコちゃんのことも、「なんてかわいいんだ」と思ってらしたことでせう。

10 イケメン科ショールーム属

NHKが熱を入れて作った『坂の上の雲』で、秋山好古《よしふる》は阿部寛が演っていた。眼下に茫々と広がる平原を見つめるシーンになった。画面の前で私は、椅子から尻を浮かせるような、胴を捩《よ》じるような、肩を転がすような、動作をした。そしておかしな呼気と、へんな声を口から出した。

「ふひぇふゃぷひゅょょ、ぴひゅひゅひゅぅぅ」

むりやり文字化すると、こんな息と音だ。

なぜ、こんな反応をしたか。阿部寛の秋山好古がキマりすぎていた、いや、スタンドカラーの軍服が、阿部寛に、キマりすぎていたからだ。キマられたその人物が、眼下を見つめているのである。どこから？　お城から。スマホメール画面で「城」と入力すると出てくる絵文字のようなお城の、それもバルコニーから、平原を見つめる阿部寛。そのようすに、

「ふひぇふゃぷひゅょょ、ぴひゅひゅひゅぅぅ」

と、おかしな反応をした人は、私のほかにもいたと思う。このおかしな反応は、面映ゆい・

尻がむずむずする・こそばゆい・歯が浮く、といった、きざな言動に対して、きざをよしとしない人や、きざなことを言われたりされたりすることに不慣れな人が、昔からしてきたものとは、断じて異なる。この反応のさいに、私の顔の筋肉は「笑う」時の動きに酷似していただろうが、お笑いコントを見てのその動きとは、まったく異なるし、といって、小泉元総理の次男の「セクシー」発言や、そのおきれいな妻のdepthを控えた発言に接したさいの動きとも、異なる。

お城のバルコニーに立つ軍服の阿部寛。そのようすが画面に映ると、なんというか、「びっくりする」に近いような感触が体内に疼《うず》くのである。「実にイケメンで」と一般的な言い方をするには、あまりに「なんというか、だって、どういったらいいの、ほら、その」といった、割り切れずに小数点以下が続くような感触が疼き、落ち着こうとして、

「そもそも、この人は映画デビューが少尉さん……」

と、とくに映画通でなくても知られていることを思い出すと、よけいに疼きが活発になり、結果、顔の筋肉が「笑う」に似た動きをし、身体がくねったり浮いたりして、ふひぇふゃぷひゅょょ、ぴひゅひゅぅぅ、と息みたいな声みたいなものが口から出るのである。

だって、だって、阿部寛が、あの身長であのプロポーションでメリハリのきいた目鼻で軍服着て、西洋のお城の、さすがNHKの金のかかったロケの、重厚な石造建築のお城の、バルコニーに立ってるんだよ。

それが、炊飯器でごはん炊いて、碗によそって、イワシの缶詰開けて、ほうれんそうの茹でたんを添えて、夕食にして食べてる者の前に現われるんだよ。こっち側はものすごい日常で、画面側には、日本人なのにお城のバルコニーに立っているのがキマってる人が現われるんだよ。「ちょっとなんですか、あなた、いきなり上がりこんできて非常識な」みたいなクレームがあるけど、

「ちょっとなんですか、あなた、いきなり非日常な」

って、ふひぇふゃぷひゅょぴひゅひゅぅ、となるじゃないか？

ネットには、イケメンすぎて役が限定された苦労談が出ており、読んで「クーッ、ちきしょう、俺なんか、苦労知らずのままだってんだ」と手の甲を目元に当てて、滲む涙を拭った人は多いだろうし、「フェラーリで乗り付けてくる男（注・ご本人の形容）みたいな役しか来なくて悩んだ」との旨の打ち明け話にも、「フェラーリで乗り付けてくる男って、なぜか小太りで背の低い人が多いけどなぁ」とつぶやいた人もいるだろうけど、だけど、職業として俳優を長くやっていくのなら阿部寛さんはご苦労なさったと思いますよ。そして、ご本人の賢明な努力と幸運な芸能界での出会いに恵まれ、現在に至るのだろう。

バルコニーの姿にふひぇふゃぷひゅょぴひゅひゅぅとなる、って、私としては最大の賛辞のつもりであるが、ご本人には伝わらないかもしれない。

もうだいぶ前になるが、東芝の洗濯機のＣＭに、阿部寛と天海祐希が夫婦（のイメージ）で出

ていて、あれにも、同じような反応がおきた。あの二人で洗濯機！　一方が内村光良《てるよし》、あるいは一方が原田知世、だったりしたらまだしも、あんな二人がそろって出てくると一気に画面はショールーム。およそ自分が使うかもしれない家電には見えなくなったものだ。

こうした、見手《みて》を、一気にショールームに運んでしまう人というのは、そういないが、たまにいる。それは、容貌が整っているというのとはまた違うのである（むろん、ルックスのよさは不可欠ではあるものの）。吉永小百合様はお美しいが、波瑠もきれいだが、ここで言わんとする例ではない。キムタク、岡田准一、松坂桃李《とおり》、といった、各時代での人気イケメンのことを言いたいのでもない。

また、いわゆる「華がある」「役者色気がある」ところのザ・スター（長谷川一夫だとか坂東玉三郎だとかジュリーだとか）でもない。ザ・スターはたしかに非日常なオーラを放つから明星《スター》であるのだが、それは、日常の憂さを忘れたい見手が、放って、もらいに行く（TV、PC等の電源を入れるのも含む）のである。

そうではなくて、こちらに心づもりがなかったのに、急にショールームに連れてこられたような気分にする人のことを、ここでは言う。イケメン科ショールーム属とでもいうか。

阿部寛は三代目ショールーム属である。初代は草刈正雄。

「少女漫画から抜け出てきたような」が、イケメンの定番形容になってから久しく、映画デビュー作での阿部寛も、『週刊少女フレンド』に連載されていた大和和紀《やまとわき》の『はいからさんが通る』から抜け出てきたような伊集院少尉ぶりだった。

だが、草刈正雄の『沖田総司』となると、『週刊マーガレット』に連載されていた木原敏江の『天まであがれ！』から総司の部分だけを切り抜いて、フィルムに貼り付け、観客に、生きて動いてしゃべっていると見せた特撮のようだった（映画のすじは『天まであがれ！』とは全然違うし、雰囲気も、アメリカ映画『明日に向って撃て！』の『わらの犬』ソースがけふうで、少女漫画的ではないのでよけいに）。

この差は時代差でもあろう。阿部の伊集院少尉は1987年、草刈の総司は1974年。ほぼ干支《えと》一回りぶん、草刈総司のほうが早く世に公開された。

つまり、日本の観客側の骨格肉付きは、草刈総司が公開された時のほうが、阿部少尉公開時より、モンゴロイドの特徴を強く備えていた。どうした理由によるのか、この特徴は年々薄まってきているのである。2023年現在の日本の若年層が横浜流星や坂口健太郎のルックスをながめるのと、1974年の若年層が草刈正雄のルックスをつきつけられる（ながめるのではなく）のとでは、ショック度は雲泥の差だった。モンゴロイドの特徴が薄い現在の50歳以下には、この差がわからないだろうが。

草刈正雄は、よって、阿部寛と同じ苦労が、阿部よりもっとあったと思う。彼は室生犀星の『あにいもうと』の三回目の映画化の主演をしている。

若
草刈正雄
これぞ
ザ・ハンサム
阿部寛
肉体もショールーム属!!
も

ここで、いったん話が逸れるが、三作の『あにいもうと』は、どれもそれぞれにいい味わいだ。やはり小説を映画化する場合、長編ではなく短編のほうが、ぜったい向いている。個人的な好みでは戦前1936年の一作目P.C.L.版がベスト。原作の筆致が醸す雰囲気と、スクリーンに映る風景や室内美術、出演者たちの衣裳などがぴったり合っている。原作の発表とほぼ同時に公開されたので、合っているのもしかり。

戦後1953年大映版と1976年東宝版は、監督は違う（成瀬巳喜男／今井正）が、脚本はどちらも水木洋子である。大映と東宝で書き直したわけでもなく、ほぼ同じ脚本。

大映版では兄を、森雅之が演っている。「声がざんねん」なことで、（本書でのみ）有名なあの人だ。それが何と、この映画では「ざんねん」ではない。ランニングシャツと地下足袋でツルハシを

振り上げては地面に下ろす肉体労働に従事する荒々しい性格の兄の役に、森の声は、「なるほど、こういう役のほうがフィットしていたのか。桂木さん（『挽歌』のインテリの妻子ある男性）より一徹（『巨人の星』の飛雄馬の父）のほうが向いてたのね」と知った。声というアイテム（?）には、容貌を上回るほどの力があることを再認識した。

残念といえば、妹役の京マチ子だったかな。大大大好きな京さん目当てで、この映画を見たのだが、原作を読んでいたせいか、どうしても年齢的にフィットしていなかった。「アア、大阪松竹少女歌劇団在籍中か、退団してすぐくらいの時に演ってほしかったーッ」と残念だった。妹のキャラ自体は、ナオミより春琴よりずっと京さんに合ってるのに。

で、東宝版では、輝いている年齢時の草刈正雄が、兄を演っているのである。そして妹は、さらに輝いている年齢時の秋吉久美子だ。ものすごく輝いている。もう半端ない輝き。ラストのアップの表情などサングラスしないと目を傷めそうなくらいの輝き。

この映画の二年前に公開された、題名だけ似ている『妹』の秋吉も魅力的だが、ようするに秋吉はいつもどの映画でも魅力的だが、『妹』は作品としての魅力が（あくまでも私には）ない。

草刈・秋吉版は、古い民家を使った原一民の撮影もいい。原は『七人の侍』『用心棒』などの撮影助手から、撮影監督になり、『神田川』『沖田総司』『エスパイ』と草刈出演作の撮影を担当していて、撮影についてだけなら、時代を70年代に仕立てた東宝版のほうが、約20年前の大映版より、明治が舞台の原作の雰囲気はよく出ているくらいだ。

秋吉の吸引力に引っ張られたかのごとく、草刈の演技もよかった。荒い気性の兄の役を、香川照之のように歌舞伎ふうに大袈裟にせず、といって、抑えたというのでもなく、よく演っていた。

よく演ってたんだよ。泥臭い女を演らせたら筋金入りの賀原夏子がもっそり台所にいる、木造の、古い日本家屋で、妹に唾吐いて悪態つく草刈は、ほんと、よく演ってたんだ。

でもね、あの人が出てくると、その泥臭い、汲み取り式トイレであろう木造の田舎の家が、急に、タイルつるつるの「どこのショールームですか、ここ？」になってしまうの。

砂利をシャベルでトラックに運ぶ肉体労働の現場のシーンでは、当時みんなジーパンと呼んでいた細身のデニムをはいている。太鼓腹の正反対、すっきりバリアフリーの胴から腹、尻にかけてを、さらりとなんらの無理もなく包むローライズのジーパン。トップスはプレーンの白いTシャツで、首のとこがまったく縒《よ》れていない。衣裳さんがテイクごとに袋を開封して出して着替えさせたんじゃないかってくらい、ぴかぴかのまっしろのピンピンのTシャツ。

こんなファ、ッ、シ、ョ、ン、の、20代の、草刈正雄が、シャベルを持つと、たちまちそこは、大手工具メーカー本社ビル1階のショールームなんだよ。

なものだから、そりゃあ、俳優としては、苦労され、悩まれた時期があったと思いますよ。容貌に恵まれなかった者には、「ちきしょう、ちきしょう、おいらなんか、生れてこのかた悩んだことなんか一度もないやい」だけどさ。

1975年あたりの映画で勝手なキャスティングが叶うなら、東宝版は、兄＝三浦友和で、妹を高橋洋子、下の妹を山口百恵。秋吉久美子は山口百恵とバトンタッチして、『霧の旗』で主演して、草刈もこっちで兄の役をしたほうが、フィットしたような……。

ショールーム属四代目を継ぐのは、中川大志か、でなかったら岡田将生《まさき》であろう。横浜流星や坂口健太郎（ううむ、例に挙げている4人中3人までがスターダストプロモーションか）、ほかにもイケメン評の高い人は何人もいるが、「なんですか、あなた、いきなり非日常な」であることがショールーム属なので、中川と岡田に絞った。甲冑《かっちゅう》、馬、バルコニー、剣、等々、そのへんの人が着たり乗ったり居たり持ったりすると「宴会芸に使うの？」に見える。でも、横浜流星、坂口健太郎だって「CM撮りで使うの？」に見えかねない。甲冑、馬、バルコニー、剣、等々と組み合わせてヘンではない、というよりむしろ、こうしたものがないとヘンに見える非日常なルックス。これがショールーム属である。

とりいそぎ四代目は中川大志にしよう。岡田もショールーム属判定キットがキマりそうだが、私がまだキット装着時の彼を見たことがないので。

中川は三木孝浩監督『坂道のアポロン』に出ていた。調べて気づいた。この映画を見たのにもかかわらず、彼の記憶がない（ひたすら小松菜奈ちゃんだけを見ていたせいか）。が、広義で現代ドラマなのに記憶がないのは、ショールーム属の証。

さて、また話がいったん飛ぶ――。豊臣秀頼には噂がいくつかある。何百年も昔に生きていた人については、秀頼にかぎらず、すべて「現代人のだれもが真実はわからない」ので、噂と言うのであるが、その一つに「秀頼のルックスに家康がおどろいた」というのがある。

関ケ原の戦いに勝った後も、家康は政治的に、秀頼が関白に就くのをおそれていたが、秀頼個人については、淀殿に溺愛された坊ちゃん育ちの北小路秀麿《きたこうじひでまろ》くん（ちばてつや『みそっかす』参照）のような奴だろう、「いべやず《家康》ー、遊ぼうじょー」なんて言ってくるんだろう、と想像していた。

ところが会ってみると、現われたのは、自分よりぐぐっと長身の、19歳の若者だった。祖母のお市の方も美女伝説がある。母の淀殿も。そして淀殿は大女だったという噂もある。だから、秀頼が、家康を見下ろすようなモデル身長の、水もしたたるキラッキラッの美男子だったとしても、「そうかもしれない」「そうだったんだろう」と、この噂は多数に受け入れられやすく、75日どころか令和まで続いている。で、NHK大河『真田丸』だったかな。豊臣秀頼登場の短いシーンがあったのである。家康と面会するにあたり、二条城の一室で、襖が開いて（まるで自動ドアのように開いた）、「豊臣秀頼である」と出てきたのだ。17世紀の次期関白ふうの衣裳で。

セリフがさしてないので、よけいに秀頼の外見がきわだった。ジョアン・スファール監督のフランスの伝記映画『ゲンスブールと女たち』で、ブリジット・バルドー（役の女優）が登場するシーンで、ジャカジャカジャカーン！とド派手な音楽が入っただろう？　あれみたいなかんじだった。もし、日本史の有名な噂の一つが真実であったとしたら、きっと、こういうかんじで、家康は「うひゃあ、なんですかきみ、いきなり非日常な」とたまげたのだろうと思った秀頼。これを演ったのが、中川大志であった。２０２２年の大河（『鎌倉殿の13人』）では畠山重忠を演っているが、ＮＨＫの甲冑は民放とはワケが違うモノの良さで、この甲冑の（この非日常アイテムの）似合うこと似合うこと。

　これはもしや直衣《のうし》に烏帽子《えぼし》に御簾もイケるのでは。機会あったら『源氏物語』でどうか？　光源氏？　いやいや、これはユリさん（天海祐希）のままでよくて、『宇治十帖』の薫大将を演ってもらう。匂宮《におうみや》は横浜流星で。どうでしょう？

ショールーム属の初代・三代・四代について話した後、「二代目は？」と思われませんでしたか？　二代目は田宮二郎、としていたのである。年齢から「初代が田宮ではないのか」と言われそうだが、ショールーム属なのかどうか迷ってしまったのと、自分が彼の出演作をちゃんと見たのが、草刈出演作より後なのとで二代目とした。次章にまわさせていただきます。

11 田宮二郎を鑑賞する

イケメン科ショールーム属に田宮二郎を入れていいのか今も迷う。

「ショールーム属」の最たる特徴は、この属名のとおり、見手《みて》を、「いきなりショールームに連れて行かれた気分」にすることである。この「いきなり力」は、全身のかっこよさ、すなわちプロポーションがモンゴロイド離れしていることによる（すると、草刈正雄は、不正《ズル》のショールーム属かもしれない。半分コーカソイドなのだから）。

「全身」に重きがあるので、「顔」に重きのある、昔の言い方でのハンサムとはちがう。

何十年も言い続けてきたことだが、非常に多くの人が、「きれい（整っている）」の判定をまちがえる。

判定ミスの原因、第一。多くの女性が「好みの顔」を「よい（美男）」と判定する。多くの男性が「色気のある顔」を「よい（美女）」と判定する。色気といっても、これまた好みということなのだが、女性よりは正直に性的に訴えられていることを認めるので、ここは「色気のある顔」とする。

ミスの原因、第二。多くの男女が、顔にのった部品（目鼻口眉）の、大小・高低・配置ぶりが、パッと目を引くと、美と判定する。そのため、目鼻だちの大きい人が、美女だの美男だのと言われやすい。こういう顔だちの人は、派手な顔であって、必ずしも整っているわけではない。多くの人が判定ミスをおかしているせいで、

「ワタシって変わっててー、阿部寛がどうしてもハンサムって見えなくて、奥田民生がすごくハンサムに見えるのー」

「鳳蘭《おおとりらん》って、女の人に人気あるけど、オレはどうしても美人には思えないなぁ」

などといった、ミスの上塗りのような発言（例↑は実話）をするのを、何十年もの間、私はたびたび耳にして、そのつど「それはたんに、自分の好みを述べておるだけぢゃ！」とピコピコハンマーで頭を叩きたくなるのを、ガマンしてきた。

阿部寛も鳳蘭も「派手な顔」である（ド派手）。が、整人ではない。細川俊之も原節子も。それにこれから、話題にしようとしている田宮二郎も。

モノサシと分度器を使って描いたような顔が整人である。女なら田中絹代、宮本信子、楠田枝里子、森口博子、等。男なら高田稔、笠智衆、美輪明宏、東山紀之、等。楠田と美輪は、派手かつ整っている。

これも、もう何十年と言い続けていることだが、整人とは、似顔絵を描くのが難しい顔なのである。『なるほど！ザ・ワールド』が人気ＴＶ番組だったころ、楠田の似顔絵を時々見かけ

たが、ヘアスタイルや服帽子靴等に頼ったものしかなかった。似顔絵を描くのが難しい顔、という言い方がわからなければ、銀行のＡＴＭ画面で挨拶してくれるアニメの行員、あれが整人である。

するとまた草刈正雄が、ズルながら、同じくズル（コーカソイド混入）の、快楽亭ブラック・布袋寅泰《ともやす》・小杉竜一（ブラックマヨネーズ）等を思うと、整人でもあると気づく。部品の形や配置に狂いがないため、似顔絵が描きづらい。

そこへいくと田宮二郎は意外に描ける。観客は、彼の、顔以外のところに気をとられ、彼の顔の部品には細かな注意を向けないが、正面から見て、額・鼻・人中《じんちゅう》・顎の比率が（あくまでもイケメン科の中においては他のイケメンより）悪い。軽い反対咬合の歯の、左右上下2番3番が、彼の骨格からすると小さすぎてバランスがとれていない。

しかし、だ。そこがええにゃ！　右に挙げた小さなマイナス点。田宮に限らず、人のルックスにおける、「モノサシと分度器（機械、としてもよい）が計測したら×《ペケ》になる部分」というのは、ほとんどの場合、その人の魅力になっているのである。

アラウンド１９６０年の大映黄金期に、まさに黄金の二枚目だった田宮二郎がクールに笑うと、小粒の前歯が何本か観客に見える。あれま。あえかな落差。あれま、かわいいじゃん。観客側も、自分がそう感じたと気づかないほどの、あえかな印象。結果、二枚目は、さらに魅力的になるのである。

私自身の個人的な嗜好では、田宮二郎の顔は魅力的ではない。幼稚園の時に大嫌いだった、名前も知らない男児に似ているから、という個人的な体験に基づく（金城武と武蔵丸が似ているような似方だったが）。

こんなしょうもない話を持ち出すのは、自分の好みと、美醜やかっこよさの判定とは分けて考えるべきだと言いたいからだ。

よって、それでも私は田宮二郎は、日本映画史上の金字塔的二枚目だと言う。

田宮がショールーム属か否かは措《お》いて、二枚目という表現に当てはまるか否かなら、戦後の日本映画やTVドラマ全盛時代をリアルタイムで知る人はもちろん、後年に旧作専門上映館や動画配信で彼の出演作をたくさん見た人なら、ほとんどが迷うことなく「ハイ」だろう。

皇太子（当時）ご成婚のTV中継を見るためにTVが売れ行きを大幅に伸ばした昭和34年あたりから、人々の花形娯楽が映画からTVに移っていった。このころを当章にかぎって《過渡期》と呼んで、《過渡期》以前の二枚目は、昭和20年代、10年代、と昔に行くほど「ブロマイドにして映える」人であった。

日本における活動写真は、歌舞伎をフィルムにおさめて大勢に見せよう、という発想だったので、出演者もたいていが歌舞伎畑の俳優で、草創期には、女の役も男がメイクして演じていた（女形の発想）くらいだから、映画は歌舞伎のレトルトパック的なものだったのである。あいやあぁ、と見得《みえ》を切って静止した（ような）顔がキマっていると、ブロマイドにして映える、わけである。

サイレント時代、観客は、「いよっ、バンツマ《阪妻》」などと、スクリーンに向かって声をかけていたというし、時代が進んで声はかけなくなっても、主役がどことなく決めポーズふう（見得を切るふう）なことをするシーンが（現代劇であっても）、作中に入っていた。

技術的にフィルムの動きが悪いから、そう見えるのかもしれないが、観客は、決めポーズ的シーンで「キャッ、すてき」とか「おっ、いいぞ」などと喜び、こうした喜びをブロマイドにて満足させてくれるような顔をした俳優を、二枚目と感じた（のだと思われる）。

阪東妻三郎、岡田時彦、長谷川一夫、等々、戦前の二枚目は、静止しているところがキマってなんぼな、鎖骨から上を撮ってブロマイドにして映える顔をしている。額装絵画を鑑賞するようにブロマイドを見て、人々は「二枚目だのう」とうっとりしたのである。

これが変化していくのは、撮影や録音のハード面での技術が向上したのに合わせるように、日活が現代アクションと洋装ファッションを映画に持ち込んだころからである。そのころが、《過渡期》のスタートなのだが、まだ「映画のほうがＴＶより花形」だった。

石原裕次郎のブロマイドを買った人々は、そのブロマイドを見て、動いてしゃべっている裕次郎を思い出して、あるいは映画館に行けない人は、病院待合室やパーマ屋さんで見かけた雑誌に出ていた裕次郎から動いているところを想像して、喜んだのだ。「イカすぅ」と。

額装絵画を鑑賞するような見方でなくなると、整人かどうかは、絶対の重要ではなくなる。

見た映画が、イカしたか、ぐっときたか、うっとりしたか、どきどきしたか、といった、作品が与えた感動により（つまり、先述の判定ミスにより）、主演俳優（の顔）が二枚目に見えるようになるのである。

田宮二郎は、永田雅一《まさいち》大映社長の不興を買うまでは、作品に恵まれていた。高度経済成長期の日本における正負の局面をテーマにした作品でも、口あたり軽い娯楽作品でも、主要な役を獲得し、単純明快な人気者とは一線を画する二枚目ぶりを見せている（リアルタイムでどうであったのか、肌身での記憶は、残念ながら世代的に知らないので、後年に出演作を見ての感想になるが）。

しかも、彼の骨格と肉付きとプロポーションの美しさは、《過渡期》の日本では、ハーフ《ズル》を除き、他の俳優の追随を許さない。石原裕次郎がもし私生活では、豪放磊落なタフガイのイメージとはまったく異なる、他人と自分を比べては落ち込む性格だったとしたら、田宮の身体への嫉妬の業火で、早々に焼肉チェーン経営とかに転身してしまい『太陽にほえろ！』はこの世に出なかったのではないかと心配してしまうほどである。

映画ドラマでの田宮を知らない世代なら、その美しさを、YouTubeに上がっている、ドリフターズの番組で納得してくれ。日本が《過渡期》をずっと過ぎ、ドリフターズも志村けんがメンバーに入っているころの、『8時だョ！全員集合』の一場面（を紹介する番組の録画の投稿）である。

小学校の教室。ドリフのメンバーは半ズボン。教壇にはいかりや長介扮する先生。そこに転

校生の田宮二郎、入室。貧乏な家の子という設定なのか、つぎはぎの半ズボンと長靴をはいているのだが、ガラと教室の戸を開けて入ってきた、その姿。ぎょへー！と秀頼を前にした家康のように驚かされる。

加藤茶はブロマイドタイプの美男子だし、いかりや長介にいたっては、私が「なんで、みんな気づかないの？　あの人、菅原文太、高田純次、沢村一樹レベルの、モデル体型だよ」と何十年間も主張している人である。それが通学帽と小学生へアのカツラをかぶった（頭部が膨らんだ）田宮二郎が、戸を開けて入ってきた途端にかすんでしまうほど、田宮の身体は、昭和の時代にずば抜けていた。

大映の『復讐の牙』か『スパイ』か『犯罪作戦No.1』か『背広の忍者』か、すまない、どれか混乱してしまってわからないのだが、イギリスのシーンがある。イギリスということにして日本で撮ったにちがいないチャチなワンシーンだが、シャーロック・ホームズが着ているようなコート姿の田宮だけ見ると、海外ロケに見えるくらい、彼の身体は美しい。

しかも、だ。$1＝¥360の時代に、田宮二郎は英語が堪能なんである。帰国子女でもハーフでもなく、この身体で、さらに、前歯の不揃いを「そこがええにゃ！」にする転化力まで備えたこの人、えー、ちょっとどうする？　ショールーム属に入れていいと思う？　画面に出てきても、前章で話した「ふひぇふゃぷひゅょ」という呼気が口から出ないんだよね。『宿無し犬』『喧嘩犬』『ごろつき犬』等の、通称犬シリーズのアクション映画では、田宮演ずる主人公がガンマニアであることから、オープニングで田宮がいろんな動作でピストルを撃つ。ストーリーとは無関係で、まるでグラビアタレントが、いろいろなセクシーショットを観客にサービスするかのような、たんなる決め動画集なんである。これなど「ふひぇふゃぷひゅょ」になってもよさそうなものだ。しかし、ショールームに連れて来られたというよりは、銀座和光のショーケースの時計を、実際に買うなどという現実は自分にはないのを前提として、順番に見ていくような、ただただ、「なるほど」と思って終わる。それほど田宮の身体の美しさと敏捷な動きのオープニングなのである。

ところが、非アクション映画になると、こうした要素が、本人が意図したのか偶然なのか、前面に出ない。目立たない。戦後黄金期の大映作品は、海外でも国内でも映画賞にたびたび輝くディープエグ路線※で、そうした作品の中で、田宮は人間の愚かさや苦悩やおかしみを、ナチュラルに現実感を出して演じるのである。

※ディープエグ路線。筆者造語。着眼の鋭さと知識の豊かさに、観客の好奇を刺激するエグさも併せ持った難度テク路線。松本清張、有吉佐和子、石川達三、山崎豊子、等々の小説的な路線。いずれの路線でも、他の大映作品に比してシャワーシーン（女優のではなく田宮の）が多いと感じるのは気のせい？

なものだから、田宮の『白い巨塔』は、よかっただただの代表作だの、そんな言い方では追いつかない。そうだな、「同化」でいいんじゃないか。佐藤慶版、村上弘明版、唐沢寿明版、岡田准一版は、みなさん、熱演されていたことと思う。村上版など、村上が田宮の小規模系統であるため、財前になかなか似合っていたし、デビュー間もない堤真一の、功名心と良心のはざまで悩む、立場上非力な医局員役の演技が繊細でよかった。しかし、やはり全員、「同化」の田宮財前には及ばない。唐沢にいたっては、彼の健やか感が、本来的に原作の里見先生のほうに向く持ち味なため、（あくまでも私は）どうしても受け付けられなかった。岡田版は未見。

では、田宮二郎のベストは『白い巨塔』かといえば、個人的な嗜好では、ちがう。『白い巨塔』はとにかく原作がパワフルだし、田宮＝財前は、昭和の世人の多くが納得するところであろうが、個人的には『女の勲章』だと声を大にする。

1961年大映。吉村公三郎監督。カラー110分。原作は『白い巨塔』と同じく山崎豊子。

主演は京マチ子で、京さんの映画の中でも、私はこれが一番好きである。どの映画でも京さんはかわいいが、これは年齢も役とフィットしていて、オールドミス（当時の言い方）然として演じているのが妙にエロくてグラマラスで、彼女の特徴である顎の肉の付き方が、くちゃくちゃに抱きしめて離したくないほどかわいい。

脇をかためる叶順子、若尾文子、中村玉緒、森雅之、内藤武敏も全員、いきいきしている（とくに文子、玉緒のチャーミングなこと！）。舞台は大阪。関西出身の出演者は、きれいな船場弁（だんじて吉本弁ではない）を小気味よくしゃべる。

で、夜のシーン。グラマラスバディをネグリジェに包んだ京マチ子の寝室。そこに窓から忍び込んで来るのである。キレのある動作もきざに田宮二郎が。うろたえる京さんに、ひとこと。

「ちょっとロマンチックだっしゃろ？」

これぞ田宮二郎の真骨頂！　面目躍如！　アイロニックなコメディで、丁々発止な船場弁で、夜の寝室に、窓から忍び込んで、妖艶美女を抱きしめるなど、そのへんのショールーム属（どんな？）なら、まちがいなく見手《みて》を「ぴひゅひゅぅぅ」と反応させてしまうであろう、こんなシーンで、田宮が演るとまったくこの反応にならなかった。

ロマンチックだっしゃろと、このシーンで「だっしゃろ」と言って、笑いにならず、天下一品のかっこよさなんである。このかっこよさは、令和の現在にあっても（いや、むしろ、「令和だからもう」なのかもしれない）、出せる二枚目はいまい。

がんばってくれたら、もしかしたら出せるのではと期待したのが田宮五郎（田宮二郎の次男）だった。身長はお父さんより高く、頭部はお父さんよりさらにモンゴロイド離れして小さくなり、顔の造作はお父さんと生き写しな俳優だったが、47歳でくも膜下出血で他界。お父さんは43歳で他界。ああ、美男《二枚目》薄命（涙）。

12 東京ボンバーズと太地喜和子

高校時代、同学年に辰野くんという男子がいた。一学年上に犬井くんという男子がいた（二人仮名）。辰野くんは身長180cm、顔は要潤に似ていた。ふとしたときに。犬井くんは身長179cm、顔は向井理《おさむ》に似ていた。ふとしたときに。

「ふとしたときに」とはいえ、政治家や芸能人の浮気報道によくある、「北川景子似の銀座ママ」などという無責任な「似ている」ではない。筆者の卒アルや部活写真を、もし読者が見たとしても、そう抗議は受けまい。

とすれば、辰野、犬井の二男子は、さぞかし女子に人気があっただろう、と読者は思うのではないだろうか。

だが、なかった。そうだ、人気があってもよかったのだ。

この二男子は、女子たちから「軽蔑してる」と言われていた。理由は、「軽薄だから」。

「あの人、軽薄だから軽蔑してる」と、女子の多数が、二男子について評した。なぜか女子高校生とか女子中学生というのは総じて、「軽蔑」という重々しい語を、なんともデイリーに、ユニクロのようにカジュアルに使う。
吉田恵輔監督『純喫茶磯辺』では、この言葉を、女子高校生役の仲里依紗が、麻生久美子扮する店員モッコについて「軽蔑しているモッコが」「軽蔑していたモッコは」と、デイリーユースのカジュアルタッチで使う。女子高校生なるものを、見手《みて》に、制服だとか通学電車だとか校舎などという手軽なアイコンでなく、なにげに、しかしセンシティブに思い出させるこの映画、同監督『空白』もすばらしかったが、こちらも実に佳作である。

里依紗ちゃんのベストは「数学終わったらスイカ」（進研ゼミＣＭ）と『渋谷区円山町』と『純喫茶磯辺』かな。

で、辰野くんを軽薄な人だと判定した女子の、その根拠は、「女子のこと、顔で選んではる」からだった。辰野くんとはほとんどしゃべったことがなかったが、犬井くんとは部活でよくしゃべっていた私は、正確に彼について伝えた。「犬井くんは、女子のこと顔で選んではらへん」「え、ほんま?」「あの人は体（つき）で選んではる」。「イヤッ。もっと軽薄」。女子たちの反応。

ここで新キャラ、出来杉くん（仮名）にも登場してもらう。この男子は「ふとしたときに」ナシで、『ドラえもん』の出来杉くんに似ていた。専業主婦の母を持つ彼は、夏期制服のシャツがいつも白く、勉強ができ、スポーツができ、級友に親切で、読書家で、明朗快活。「誠実で清潔で信頼できる」という、かつて美智子様が殿下（当時）についておっしゃったような判定を、学年女子たちからされていた。私は出来杉くんと校内のイベントや委員会でよくいっしょになったので、ここまで登場の三男子では、彼ともっとも仲がよかった。

別学の人にはわからないようですが、共学において「仲がよい」というのは、たんに仲がよい、というだけのことです。たんにタコ焼きをよくいっしょに食べるくらいの。説明になってませんかね？

ある放課後、本だかレコードだかの話をしていた流れで、「出来杉くんの、恋愛における重要な点て何？」と訊いた。出来杉くんは即答した。「顔」。私はショックを受けた。ショックを受けたのだから、私も、「顔で女子を選ぶ男子＝軽薄」と思っていたのだ。

人が、人に初めて会った時、まず顔を見る。顔をまず見て、なにかを思う。顔を見ただけの情報に基づく、瞬間的な感覚であり、思う、などという段階に至らないかもしれない。その後、情報を増やしていき、配偶者や恋人としたり、選挙で投票したり、出場するスポーツの試合を見たり、ＣＭに出ている商品を買ったり、いろいろな行動をとるわけである。

顔を見た後に得た情報が多いほど、そしてそれら情報に適切な分析がなされているほど、相手に対して重厚で深みのある行動がとれるわけであるから、顔を見ただけの段階でストップしてものを言うのは、たしかに「軽薄な人ね、軽蔑するわ」なのである。

よって、今回は、まさに軽薄な話だ。

日本赤軍の重信房子と連合赤軍の永田洋子《ひろこ》の、思想ではなく、顔だけについてである（世間で有名である故の敬称略）。

【問1】あさま山荘に鉄球が打ち込まれるところ（の報道）をリアルタイムで見たか？
【問2】リンチ被害者の報道（の写真）をリアルタイムで見たか？
【問3】そのとき、何歳だったか？

二女性の顔についての思いは、【1、2、3】の答えで、大きく異なる。筆者の答えは、
【1、2】＝見た、【3】＝13歳

もし【3】が16歳以上、逆に10歳以下だったら。わずか3歳の差があれば、私はこんなにも長いあいだ、違和感を持たなかっただろう。二女性に対する、男性からのコメントに。

もし【3】が10歳以下だったら、全学連、デモ、安田講堂への放水、土中の白いテープ、等々、茶の間に送られてくる連日の映像の、意味も関連性もほとんどわからなかった。もし【3】が16歳以上だったらわかった。

しかし筆者は、【3】が13歳だった世代、である。「学生運動はいやだ」という感覚をなんとなく持ってしまった。「そういうの、もう古い」という感覚を持ってしまった。むろん、個人差はある。傾向として。だから、あさま山荘事件、大量リンチ殺人事件からまた3年たって、超法規的措置で、坂東國男が釈放された年に、

犬井くんから、重信房子の『わが愛わが革命』を、ほとんどむりやり貸された時には、

2000年だというのに「ねえ、今夜、〈ジュリアナ東京〉に踊りに行かない」と誘われた

ような、令和にギャラクシー《スマホ》の取説を読んでいるところだというのに、脇から「これ、どう？家の外でも好きな音楽聞けるんだよ」とソニーのウォークマンを見せられたような、気分だった。

クアラルンプール事件をＴＶがニュースしていた高校時代に、犬井くんは重信房子に「恋している」と言った。重信の著書の写真を見せて。

拙著『青春とは、』には彼について詳細アリ

【3】が16歳以上だった世代の、かつ男性は、犬井くんに対して、それなりのシンパシィを抱くのではないか。いや、抱くのだ。これを知るのに、私は、えらく長い年月を必要とした。

なぜなら、男性は、永田洋子に対しては、犬井くんの反応を（少なくとも私が知るかぎり）誰一人示さず、それが私にはわからなかったからである。いいか、くりかえす、今回は「軽薄」な話をしているのである。マルクスの話をしているのでも、日米帝国主義の話をしているのでも、毛沢東を塩見孝也にオルグさせる作戦の話をしているのでもない。母校の学年女子に軽蔑されるところの、ルックスのみの話をしている。

このさい、現在、ポリコレ的回避用語となった語を使うが、男性のあいだでは、重信は美人、永田はブス、と決定されている（も同然な状態）。

これが私にはわからず、犬井くんから本をむりやり貸されて以来約50年経てもなお、このたびの重信出所でさらに、長々と首をかしげてきた（かしげている）。

重信はブスだと言いたいのでも、永田のほうこそ美人だと擁護したいのでも、断じてない。「おれは翔子ちゃんだな」「ぼくは早智子ちゃん」「おれは千春」「ぼくは綾乃」「おれミー」「ぼくケイ」「おれ恭子様」「ぼくは美香さん」等々、（せいぜいTV新聞雑誌で見たていどの）ルックス（のみ）に対する「軽薄」な反応は、様々あってしかるべきなのに、なぜ、ここまで重信房子だけが美女と決定されているのか。

あまりにわからない。私がどれだけわからなかったか。あさま山荘事件・連続リンチ殺人事件の刑期を終えて出所し、現在は一市民として暮らしている元連合赤軍の某氏に会いに行って疑問をぶつけたくらい、わからなかった。氏の元恋人（同じく連合赤軍）の写真を見て、私は軽薄に、可愛いと思っていたので、氏なら私の軽薄な疑問について、何らかの解決の糸口をくれるのではないかと思ったのだが、残念ながら、氏の答えは「おれ、重信さんとは時期的に重なってなくて会ったことがないんだ」だった。永田洋子については「ほんとに、ごくふつうの女の子だったよ」。

永田、重信はもとより植垣康博、加藤倫教《みちのり》、坂口弘、坂東國男、吉野雅邦（50音順）の著書は、歌集も含め全部読んだ。加えて佐々淳行の著書も。とばし読みでなく全部読むのには、勿論一晩ではすまなかった。全てを読了したのはイデオロギーからくる情熱ではなく、ひとえに、軽薄な情熱から。

だってだって、わからないんだもん！　この世の男性全員が、重信は永田より美人だと言うような状態が。

くどいようだが、重信がブスだと言ってるわけではない。二者比較のバリエーションのなさについて言っている。数十行前を再読乞う。

赤軍派なり日本赤軍なりパレスチナ解放人民戦線なりで、重信と運動をともにした人が、「軽薄ではない」理由で、彼女をして美人という表現をしている場合は、疑問はありません。活動をともにしていない、母校の三男子レベルで二女性（の写真）を見て、男性は、重信には必ず、あたかも「あしびきの」「ひさかたの」「しらぬひ」のごとく「美人」（場合によっては妖艶という意味寄りの「魔女」）をつけ、永田洋子にはつけない（か、醜女という意味寄りの「魔女」をつける）。

あのね、それ、たんに出回っている写真のせいでしょ。と、私は言いたい。

プリクラ、お見合い、インスタ、プロフィール等々の写真はみな、「写真を撮られる」という心づもりがあって撮られたり撮った写真である。心づもりなく撮られた写真であっても、見て、公開してもよいと本人が承認した写真である。

出回っている重信の写真は、この状況下で撮られた、笑顔の写真ばかりである。いっぽう永田の、出回っている写真は、みな、本人が承認していないどころか、もし、「公開してもよいか」と訊ねたら承諾しなかったであろうような、運動中に過激に怒ったところ、長きにわたる潜伏の果てに逮捕されたところ、刑務官に腕を摑まれて裁判にのぞむところ、メイクもヘアスタイリングも洋服コーディネイトも、いっさいナシで、しかも状況的に笑顔を浮かべられない

ローラーゲーム「東京ボンバーズ」の
佐々木ヨーコ
これぞ大人の色気
太地喜和子
お二方とも懐しすぎる〜(泣)

写真ばかりである。

『なるほど!ザ・ワールド』のラストに、各国の人に8人ほど並んだ日本女性の写真を見せて「あなたはだれが一番美人だと思いますか?」と質問するコーナーがあった。美人の代名詞的女優よりドタバタ芸の女性芸人を選ぶ異国人がいたりすると、観覧客の意外な意の騒《ざわ》めきがお約束みたいに入るコーナーだった。私は、毎回、写真を見て、即座に「この人が選ばれる」と当てた。カンタンだ。選ぶのは、並んだ写真の人物についてなんの情報も持たない国の人なのである。そういう人は、笑顔の女性を選ぶのだ。とくに、長い髪の笑顔の女性を。

　髪が長い、スカートをはいている、という状態は、瞬時に「女だ」と識別されるアイテムだ。だからこそ(山岳ベースに参加した学生は全員、「ど」の付くまじめな人ばかりで、そのうちの一人であるところの)

永田は、こうしたアイテムを捨てなければ革命戦士になれないと盲信したのではないか。盲信という語を用いるのは、こうしたアイテムを捨てるべきだと、少女の潔癖で感じた後に永田がとった行為がめちゃくちゃまちがっていたからで、こうしたアイテムを、女「らしさ」とせず、女「っぽい」として、「カマトト」「ぶりっこ」「猛禽ちゃん」等々とチクリと批判する女性なら、時代は変われど後をたたない。よって同時に、「らしい」とする女性誌には（対男性意識の）「勝負髪」「モテ服」「好感度メイク」としてこうしたアイテムは紹介される。ゴム長靴にモンペをはいて、ニコリともせずに写るモデルは出ない。「らしい」とするキャバクラには、土木作業員みたいなニッカポッカに地下足袋をはいて坊主刈りで、口をへの字に曲げて席につくホステスはいない。

母校の辰野くんも犬井くんも出来杉くんも、「女の子を顔で選んでいる」から「軽薄」と女子は判定したが、彼らの行為は女子にしてみればきわめて残酷で、残酷なことを（自分が）されたくなくて、「軽薄だ」と先手必勝で排除する心理なのである。

ところが、だ。昔日のわが母校の女子たちよ、聞きたまえよ！　その残酷な選択は、実はこんなにも「顔など見ていない」選び方によって、つまり、笑顔か髪が長いかくらいしか見ていない節穴の選び方によって、なされているのだよ。

かつて世を震撼させたさる宗教集団でも、教祖が、自分の好みである、腰まで届きそうなロングヘアの女性信者を高い地位につけたというが、教祖は目が悪かったではないか。

重信について「美貌に頼ったオルグ」というような批判をするのは、たいてい女性であるが、もし、そういう意味で重信を批判するのなら、「男性の〈顔などよく見ない習性〉に頼ったオルグ」と正確に言うべきである。そう。顔なんか、見てないんだよ。『週刊文春』の「顔面相似形」で選ばれるペアだって、髪形・眼鏡の有無・性別・老若での判定ではないか。顔じゃなく。

先の問で、【1、2】＝見ていない、【3】＝生まれていない、と答えた世代の知人男性は言った。「ぼくは、重信房子とオノ・ヨーコと梶芽衣子の区別がよくつけられないというか、みんな同じように見えるんですよ」と。ほら。顔なんか見てないんだよ。

とくに「黒髪ロング（でセンター分け）」だと、もう、それしか見てないと言っても過言ではない。この髪形にした女性のことを、日本男性は「美人」と感じるように遺伝子に組み込まれているのか、「美人」と形容しなさいと、全男連（全国男性連盟）で決まっているのか、この髪形をした、各時代で有名な女性は、全員が、「美人」と判定されるのである（体重が多過ぎない限り）。それが証拠に、2000年に、重信房子が逮捕された時のニュース写真で、彼女がショートのパーマヘア、淡い茶色のカラーレンズの眼鏡をかけていたら、たちまち男性たちは、「重信の美貌が劣化」とか「美人だった面影は今はなしに劣化」とか、自分の加齢と顔の造作はブルジュ・ハリファビルの展望台に上げて、レッカカと勝手なことをウェブで、ぬかしおやがりになったではないか。おそるべし「黒髪ロング（でセンター分け）」の目眩《くら》まし威力。

これに目眩ましされている男性は、じゃあ、重信房子と佐々木ヨーコとの見分けも、三浦瑠《る》麗《り》との見分けもつくまい。【3】＝生まれていない、の世代に補足すると、全共闘の時代、「東京ボンバーズ」の佐々木ヨーコは、ローラーゲームの「女王」と言われていた（詳細は各自検索乞う）。

同じ時代に有名だった永田洋子は、太地喜和子に似ているのである。冒頭わが母校の二男子くらいに。こう言っても男性には理解されまい。ちょっとは顔見てくれよ。ロングヘアとスカート（と、あとオマケで白いブラウス）だけじゃなく。

13 世界で一番美しい少年

世界で一番美しい少年。

と言えば一人しかいない。ある世代の日本人には。

その名はビョルン・アンドレセン。ルキノ・ヴィスコンティ監督『ベニスに死す』のタジオ役。ある世代とはＶＪ。《『ベニス《V》に死す』日本公開時に、思春期・青春期の年齢だった日本人《J》》。長いのでＶＪと略す。

ＶＪでなくとも、この映画を見た人や、今初めて名前を聞いて画像検索した人なら、彼のルックスの良さには異論あるまい。だが「世界で一番美しい」という形容が、どれだけ響くかは、ＶＪの私には判断つきかねる。

グッド・ルッキングのスウェーデン人ティーンを、令和に目にした日本人ティーンの反応と、１９７１年に目にした日本人ティーンの反応では、複雑な差があるはずだ。まず体位の変化、情報通信テクノロジーの変化、経済変動、文化の移ろい、等々、大きな差があるからである。

VJである私は、ビョルン・アンドレセンの写真を『スクリーン』誌で見た時、12歳であった。

『スクリーン』は「世界一の美少年」と書いていただろうか。形容は、大袈裟ではないと思った。同時に、そう衝撃的ではなかった。

「ガイジンはハンサム、ガイジンは美女、ガイジンはスタイルがよい、ガイジンはガイコク語がペラペラ」という「諦念」が、「ごくふつうのVJ」の心にはしみわたっており、窓を開ければ人糞肥やしのにおいが漂ってくる田舎町の家の一室で、ルキノ・ヴィスコンティ渾身の作品のスチール写真を見たところで、「そりゃ、ガイジンだからね」という大前提がまずあって、『スクリーン』誌の作品紹介や批評を読んで、「ははあ、なるほど」と納得したわけである。

納得してほどなく、私はアンドレセンが映画の中で動くのを見た。だがそれは、『ベニスに死す』ではないのだ。

『ベニスに死す』に起用される一年半ほど前に出ていた『純愛日記』（1971年公開当時の邦題）というスウェーデン映画である。気づかなかった人も多いほど端役だった。

「アッ、世界一の美少年が、こんなところに！」

と気づけたのは、憎いみうらじゅんのように京都市内在住でも潤沢なおこづかいもなく、憎いみうらのように気さくな両親のいる家ではなかった中学生だったからだ（と思いたい）。同級生から50〜100円ずつ借金をし、嘘に嘘を重ねて親の目を盗み、ようやく見に行けた『純愛日記』だったので、一シーン一シーン、目を皿にして画面を見つめていた。『純愛日記』日本初公開版は、キューティーハニーの変身時の服かってくらい、ズタズタにカットされている。43年後に見られたスウェーデン公開版と比較して唖然とした。『小さな恋のメロディ』のヒットにあやかりたかった配給会社が、中国の纏足《てんそく》ばりに、無理やりに「少年と少女の清純派ラブストーリー」にして売りたかったためであろう。

DVDのキャッチを見ると、43年後でも、販売元はまだこの売り方をしたいようだが、キャッチと中身が違うと、かえって「期待はずれだった」というレビューがつきかねない。

このズタズタ映画でのアンドレセンは、主役少年のモペット《小型スクーター》仲間。あどけなさの残る顔を一瞬見せるにとどまっており、「まさに美少年である」と、私が出演作品とともに納得するのは、この日より数年後の「日曜洋画劇場」での『ベニスに死す』のオンエアを待たねばならない。

しかし、だ。この数年間こそ、《ビョルン・アンドレセンが、日本で、日本的なさわがれかたをした期間》であり、私はその期間を、その空気を、リアルタイムで感じた世代である。よって、その世代をVJと、特に呼ぶのである。

2021年公開、クリスティーナ・リンドストロムとクリスティアン・ペトリ共同監督の『世界で一番美しい少年』。

だから、これをVJ必見の傑作ドキュメンタリー映画だと大推薦する。

この映画には、「日本から大量の手紙が来た」というシーンがある。『ベニスに死す』は、映画芸術として、イタリアはじめヨーロッパでも、むろん日本でも高く評価されたのだが、ビョルン・アンドレセンを、マーク・レスター、オリヴィア・ハシー、トレイシー・ハイド、ジョン・モルダー・ブラウンと、まったく同列に並べて「キャーキャー」さわいだのは、日本だけだったのではないだろうか。

2023年現在、女性に人気のある漫画は、各年齢層ごとに存在するし、男性に人気のある漫画も同様だ。女性に人気の漫画を男性が読むことも、その反対もある。

しかし、かつて「少女漫画」という、男が読むとバカにされた何か、現実にはありえない白馬の騎士による経済生活の大向上を望ませた何か、現実の難疾患にはありえない美しい肉体状態による死を夢見させた何か、だった「少女漫画」という、特殊な漫画群は、もう現代には存在しないのではないか。

会社や政治は男性が担うもので、学校でも男子生徒には「技術」科目、女子生徒には「家庭」科目だった社会の、その片隅で支持され、隠れるようにしっかり場所を確保し、「少女漫画」が存在していた時代の、その終焉期ならでは……、なのである。アンドレセンへの「キャーキャー」ぶりは。

『ベニスに死す』初公開時に、片言なりともスウェーデン語ができた「ふつうの女の子」の数は僅少だったろう。にもかかわらず、日本から最もたくさんの手紙が、ビョルン・アンドレセンのもとに届いたのである。彼女たちは「少女漫画に出てくるガイジン」を想い、ファンタジーのように彼をとらえたのだろう。現代の少女たちが、その楽曲が好きでその海外アーティストのライブに行くのとは、ややちがう、もっと地に足のついていない感覚で、英語辞書を引き引き、手紙を書いたのだろう。このドキュメンタリー映画では、日本からの手紙には「愛している」と熱烈に綴られていたようなことがナレーションされる。

アンドレセンと彼の祖母はびっくりした。当時、この二人のスウェーデン人には、日本と中国と韓国は区別がついていないどころか、「そういえば、ヤーパンという国が地図にあったような」くらいの感覚だったのではないか。そんな知らない国の知らない人から、「愛している」と手紙がぞくぞく届くのは、さぞや奇異だったろうが、当時の少女たちは、ビートルズの『ミッシェル』の歌詞さながら、「愛してる」ならスウェーデン語は無理でも英語で書けたからだと、かばってあげたい。

したがって、地に足つかず「愛してる」と綴ったような少女たちは、200×年に衝撃を受けた。アラ50歳（アラフィフ）の、アンドレセンの顔がウェブに出たのを見て。

70歳の門番男でさえ睫毛が長くて皺のない「少女漫画」のページを繰る感覚で、アンドレセンをとらえていたなら、彼が年をとることは受け入れられない。ゆえに衝撃を受けたのである。

だが、そのようにとらえていなかった者には、衝撃を受けるような画像ではなかった。たんに「十代ではなくなり、年をとった」というだけの画像だった。

【そして目をあてた。不安は感謝に変わった。（中略）感謝の息を吐いた。（中略）感謝したのである。彼が見た人間は、たしかにもう少女ではなかった。だが（中略）そのまま数十年を経てそこにいた。】

これは拙著からの引用（ネタばれ防止で題名は伏せる）で、ある人物がある人物を、隙間から盗み見してしまうシーンだ。アンドレセンのアラ50歳画像を見た私は、このとおりの心境だった。「そのまま、年をとったのだなあ」と。

痩せ型体形もそのまま、シャープな頬の線もそのまま、まなざしも、唇の形も、鼻筋も、頭髪量さえ白人にしては珍しくそのまま、ただ皺が増えて濃く（白人は彫りが深いので、アジア人より皺がぐっと濃くなる）、10代の皮膚の張りではなくなったくらいの、シンプルな経年の変化だった。

TV洋画劇場（カットされている、CMも入る、食器洗いもしながら見る）の吹き替え版ではなく、やっとちゃんと『ベニスに死す』字幕版を見ることができたのは、高校を卒業して上京後の、名画座であった。★5。「美を見つめることは、すなわち死の凝視だ」とヴィスコンティが語ったとおり。これまで見た映画中、強く印象に残る映画の一つとなった。ヴィスコンティの意図した映画芸術は、ビョルン・アンドレセンなくして成立しなかっただろう。「まさに美少年である」とつくづく思った。

いや
美少年
なのは
わかります
しかし…
もんでん
断然
こっちのイケオジ推し!!
国
ビョルン・アンドレセン

この後、ほどなく、何かの雑誌で、アンドレセンについて言及した記事を読んだ。そこには【ロンドンで交通事故死】とあった。ファンだった俳優はもちろん、特別にファンでなくても、嫌いだった俳優でさえ、不運な死を告げるニュースには胸が痛むものである。ましてや★5の作品に出演した人のそれとなると。

なので、ウェブに出た、アンドレセンのアラ50歳の画像は、彼の存命を知らせるうれしいものでもあった。

リンドストロム&ペトリ監督の『世界で一番美しい少年』について、「衝撃的」と（ウェブで）コメントしている人が、けっこうな数いるが、どういう「衝撃」なのかは、VJ世代だったかどうか、アンドレセンをどうとらえていたかでも、各自ばらばらであろう。

VJの私だが、彼の外見についてはすこしも衝撃的ではなかった。これは既述のとおりの理由からである。

彼がヴィスコンティはじめ、カンヌ映画祭で少年男色趣味の男たちからされたことについても、あまり衝撃的ではなかった。理由は、このドキュメンタリーに出てくる、こうした部分については、すでに十年前くらいからウェブに出回っていたからである。むろん、それを初めて見た（知った）時には憤慨した。ヴィスコンティの映画には、人糞肥やしのにおいの町で育った者からすると、「ハハーッ、これが貴族様の腐敗美ちゅうもんでっかー」と感心するような美しさを鏤《ちりば》めた作品が多いが、ほんまに本人が腐っとったんやと（それでも『ベニスに死す』の★5は不動）。

アンドレセンのお祖母さんにまつわる部分は、このドキュメンタリー映画で初めて見た。「強欲ババア」と思ったし、こういう近親者にしゃぶりつくされるような子供たちは、世界中にいるのだろうなと（インドで年端もゆかぬ女児が嫁に出されるのもその例）、遺憾だった。

従って、右記三点の理由ではなく、私にはこのドキュメンタリー映画が、ものすごく衝撃的だった。

アラ60歳（アラカン）のアンドレセンの現在の暮らしぶりが映し出される。いちおう俳優をしているものの、さしたる収入はなさそうである。前妻との離婚後に現恋人もいるが、現恋人が満足する交際のしかたではなさそうである。日本で「キャーキャー」さわがれたときに、彼を日本に招いてレコードを吹き込ませたりＣＭに出演させたりしたプロデューサーたちと再会するシーンもあるのだが笑顔はない。不機嫌というのではなく、再会は喜んでいるようだが、「なにもわからないまま日本に行かされた少年時代の記憶」を、もう大人である現在の自分がなんとか把握し、自分の過去として整理しようと、そのことのほうに必死になっているので(なっているのではないかと思うので)、表情がどんどん内省的になっていく。アンドレセンのお母さんの写真が出てくる。彼と瓜二つの女性である。「モデルをして詩も書いていた」ような女性である。彼女は未婚でアンドレセンと妹を産み、兄妹がまだ幼いころに突然、いなくなる。なぜ母親はいなくなってしまったのか、映画は追う。結果、自殺していたことをアンドレセンは知り、発見された時の、警察の古い記録を読むことになる。

全体に淡々としたタッチのドキュメンタリー映画なのだが、VJの私には、なにが衝撃的って、

――「いい子でいてね」というひとことだけを残して、急にいなくなってしまった美しいママ。お祖母ちゃんの家にひきとられたが、彼女は強欲。「3年間、俺のものになれよ」と誘ってきた悪い大人の男に連れられて、右も左もわからないベニスに、カンヌに。「やめてよ、やめてよ」といやがる行為を輪姦のように強いられ、捨てられたところを、こんどは言葉もわからぬ極東の、平たく大きな顔の人間が住む国に連れて行かれ、歌えと言われて歌い、食べろと言われてチョコを食べて宣伝し、歩けと言われて軽井沢を歩き、言われるままに芸をして、いっぱい金をもらい、鉛色の雲の広がる国に返送され、金は強欲なお祖母ちゃんにとられてし

まいました。それからというもの、彼はずっと、「ママ、ママ、どこへ行ってしまったの？」と、バルト海を見つめて泣いているのです。——

と、長谷川一《はじめ》先生か花村えい子先生か竹本みつる先生が描いたら、1960年代の少女たちにちの涙を搾り取ったのは必定の「少女漫画」みたいな人生を、アンドレセンは本当に送ってきた送ってきて、今なお送っているに等しく、では、VJ少女たちではなく、彼のほうこそが自身を「少女漫画」としてとらえていたんじゃないか！と思われてくるところが。たびたび画面に映る、彼の、今なお少年のままのような腕とあいまって。

ヴィスコンティは非道な奴であるが、トーマス・マンの『ベニスに死す』を、自分の『ベニスに死す』にするにあたり、ビョルン・アンドレセンでなくてはならなかった、その審美眼には感心するし、フィルムに収めてくれたことに感謝する。

観光客の激減する冬のスウェーデンに行ってみればわかる。呆然となるほど、きれいな人ばっかり！だ。男も女も。ましてや20歳以下となると。だから、イタリア人のヴィスコンティ御一行様はスウェーデンまで、ハントに行った、もといオーディションに行ったのである。アンドレセンより整人は、他にもいたと思う。しかし、瞳の色、まなざし、声、髪の色、唇のかたち、そしてあの腕。全身から短調旋律が滲み出てくるような点で「美しい」と思ったアンドレセンを選んだのであろう。

「ああ、ほんとにこの人はタジオだったんだ」

という衝撃のドキュメンタリーであった。The most beautiful boy in the world. 見終わった後も数日間、ふとしたはずみに『永遠にふたり』を歌っているのだった。

読譜できたアンドレセンは、きっとローマ字で歌詞を見ながら、短時間でレコード吹き込みしたはずだが、ガイジンが歌っているように聞こえないのにも驚く。耳がよかったのだろう。

14 マチ子と蝶子　マドンナのほほえみ

われわれは日常のあらゆる場所で、笑っているネコだのカエルだのウサギだのペンギンだの（が描かれたもの）を見かける。アニメ、ＬＩＮＥスタンプ、Ｔシャツプリント、等々。それら動物は実際には笑わない。描き手が好感を与えようとして、笑っているように描いているのである。だれに好感を与えようとしているかといえば、見た人間にである。

笑顔は、それを浮かべている人の、他人からの好感を高める。

（前述のとおり）往年の人気ＴＶ番組『なるほど！ザ・ワールド』での、あなたはだれが美人だと思いますかコーナー（仮称）において、提示された数枚の写真の人物について何らの情報を持たない異国の人が指さすのは、99％、笑顔の人だった。その人に好感を抱くから、美人だと感じ、指さすのである。

ごく稀に、笑うと好感度を下げる人がいる（文化人枠Ｓ・Ｍ、Ｋ・Ｋなど）ものの、ほとんどの人は、笑顔になると好感度が30％増す。綾瀬はるかの笑顔など１２０％増の威力だ。

当章は、飯田蝶子と京マチ子の笑顔についてである。同じ話の戦前版と戦後版に、二人は出ている。

1934年公開の戦前版は『浮草物語』。サイレントでモノクロ。1959年公開の戦後版は『浮草』。トーキーでカラー。監督はともに小津安二郎。

「なんで小津は、また撮ったの？」

と、実は私は首を傾げる。

戦前版がイイからだ。

できが悪かった、というのならともかく、よくできているんだから、なにも撮り直ししなくてもよかったじゃないの、と思ってしまうのである。そこで、

〈うん。そうなんだ、あれは自分でも気に入ってるんだ。だからカラーでトーキーでも撮ってみたいって思ったんだよ〉

小津監督はそう思ったのかなあと想像して、傾げた首をタテにしている。

戦前版か戦後版か、自分がどちらを先に見たか。おぼえていない。おぼえていないほど、同じころに見た。

戦後版はカラーだし、フィルムの傷みもない。デジタル修正されたものだったかもしれない。

戦前版は、傷んでいた。要所要所に入る字幕（セリフ）の文字も見づらい。時には〈一時停止〉を押して読まないとならないし、舊《きゆう》字《じ》舊《きゆう》假《か》名《な》づかひだ。しかも、現存しているのは、音楽さえも聞こえないまったくのサイレント。当然モノクロ。

これだけの比較でも、戦後版のほうが有利だ（見て「イイ」と思う要因として）。

その上、私は京マチ子が大大大大好きだ。他の女優とは別格に大大大大好きだ。

♪ちゅらら〜〜〜ん♪　↑ドラマ・映画で、妄想シーンに切り替わる時に入るような音楽。

《自分は現実の自分の容貌ではなく、もっとましな容貌になっている。そして彼女と同性結婚して、彼女が仕事に向かう玄関先で「行ってらっしゃい」とハンカチを渡すとともに頬にキスして送り出し、夜は口にキスして、韓国映画『お嬢さん』のように濃密な閨房《けいぼう》生活を週2でおこない、そうして二人はいつまでも幸せに暮らしました》

この妄想の中の、「彼女」が、京マチ子とジェニファー・ティリーである。たんなる性欲を抱く女優は、子供のころから大勢いたが、性欲と愛情が合致した妄想は京さんとティリーにしか抱かないので別格である。

京さん主演の、黒澤監督『羅生門』はヴェネチア国際映画祭の金獅子賞、アカデミー賞の現・国際長編映画賞を受賞している。こうした海外からの評価を日本映画が受けたというニュースを令和の日本人が聞くより、敗戦後5年ほどの日本人が聞くほうが、はるかに夢と希望を与えられたことだったろう。

そして、ヴェネチア映画祭が開催されたリド島での、京さんとソフィア・ローレンのツーショットの写真！

ワールドワイドに有名な女優の中でも、一、二を争うグラマラスなソフィア・ローレンと並んで、まったく見劣りしない、まったく貧相に見えない京さんの着物姿！ 着物にイヤリングとネックレスというミスマッチも、「こういう着こなしも絢爛《けんらん》」と納得させる京さんのゴージャスさ。

どうだろう？ 一部のインテリはちがうのかもしれないが、1950年代の、多くの日本人には、映画『羅生門』そのものより、この写真のほうに、「ああ、もう戦争は終わったのだ」「ああ、日本は復興してきてるんだ」と、元気づけられたのではないのか。

京さんの笑顔は、夏の青空のように明るい。でも、京さんは、笑う1、2秒前が、さらにチャーミングだ。絶妙の羞じらいがある。そしていつも、なんともしれない「少女感」が、この人にはあって、それは年齢《とし》をとっても、いや、年齢をとるほど彌増《いやま》した。

エリザベス女王にも同じ雰囲気があった。

妖婦だろうが淫婦だろうが醜女だろうが極貧女だろうが意地悪女だろうが、来た役はハイハイと陽気に演ってしまう、計算高いの反対の、小犬のようにかわいらしい素直さ。

中学生時、伝説の女優として名前を知り、TVドラマに出ているのを見たときは、70年代。ハーフ顔がもてはやされる時代だったので、彼女の、東洋的な目鼻だちや、二重顎っぽいフェイスラインは、正直言って古臭く見えた。だが、じっさいに映画を見ると、あの、ふんだんのかわいらしさに魅せられてしまった。

画像でしか京さんを知らぬ人は、かつての私と似たようなイメージを抱いているのではないか。

その大大大好きな京さんの主演作品では、『浮草』と『八月十五夜の茶屋』と『天狗倒し』が、ルックスのきれいさという点においてベストである（『天狗…』は画像しか見たことがなく、見るチャンスを願っている）。

私としては、『羅生門』『雨月物語』『痴人の愛』なんか、京さんのルックスを見せる点においては「あんなん、死ね死ねッスよ」だ。

『浮草』では、他の多くの作品で見せてきた京さんの、おおらかで、リッチな、陽性の艶っぽさではなく、憂いをたたえて、しっとりした、陰性の艶っぽさを出すことにも成功している。

まるで、梶原一騎の原作を渡されたちばてつや先生が、白木葉子を「たんなる悪者」だと思ったのに、林食料品店の紀《のり》ちゃんよりいやに出番が多くて、「なぜだ、ヘンだ」と、頭の中を「？？？」でいっぱいにしながら毎回作画していった（ちば先生の講演より）結果、白木葉子に陰影が造形されて、ツンデレ女マニア男性の不滅のイコンとなったような、大映（永田雅一社長のガツガツ路線）と松竹（大家のお嬢様のホホホ路線）の融合。

戦後版のキャストは、京さん以外も、芸達者ばかりである。主演の中村鴈治郎（二代目）はじめ、準主役の杉村春子、若尾文子、川口浩。

若尾のコケットリーは、戦前版での坪内美子より文句なくパワーがあるし、誘惑される童貞青年、川口浩も、彼の良さを出したNo.1映画である、翌1960年の幸田文原作『おとうと』と競《せ》る好演だ。

脇を固めるのも、これまたよく、田中春男、高橋とよ、は、安定した毎度おなじみぶり。丸井太郎も、後に悲劇的なガス自殺をする気配もなく、丸ぽちゃビジュアルの良さを発揮しているし、島津雅彦も、すぐあと黒澤『天国と地獄』で誘拐される坊っちゃまを演るだけある名子役ぶり。

これだけ戦後版『浮草』のほうが有利なのに、にもかかわらず、戦前版『浮草物語』の勝ちなのである。

まず、ストーリーそのものが、サイレントのテンポに合う。1927年にアメリカで、ジョン・ケニヨン・ニコルソンがシナリオを書いた舞台があって、それを1928年にジョージ・フィッツモーリス監督が映画にアレンジしたものがあって、それをベースに、小津が1934年に池田忠雄に脚本を書かせて映画にしたのが『浮草物語』。

公開される映画の時代設定が、公開時よりもっと過去であってもまったくかまわないのだが、この話は構成がシンプルで、そのシンプルな構成の中での主人公の情感は、あくまでも大正から昭和初期でこそ多くの人に共感されるものなので、戦後の、カラーの、トーキーとしてリメイクするには、よほど「どういう時代であったのか」が描きこまれていないとならない。が、小津は戦前版をほぼそっくりそのままカラーにしてトーキーにしただけなので、戦前版が持っていた、素朴な情感描写の魅力が40%減になってしまっている。

また主役の差も痛い。戦前版の主演は坂本武。戦後版は中村鴈治郎。私は両者ともファンである。とくに中村鴈治郎は、彼を追いかけて出演作を見ていたこともあるくらい。

だが戦後版では、鴈治郎が、出演作品でいつも見手《みて》を喜ばせる、「腹に一物有り」な魅力が、さして活かされておらず、いや、まるで活かされず、妙なくすみだけを主人公のキャラに与えてしまっていて、ミスキャスト感さえ漂う。

そこへいくと戦前版での坂本武の演ずる主人公は、腹の中が広々としていて、「おいらのようなやくざな父ちゃんがいちゃ、あいつに迷惑がかからァ」という素朴な煩悩を、見手にストレートに伝えてくる。坂本の表情の豊かさは、サイレントの画面ではよけいに引き立つ。父と名乗れない息子の書いたお習字の前にすわるシーンの唇の動き。「うまいね」と相好を崩して言う声が、見手の耳元に聞こえてくるようである。

坂本武の持ち味である、のびやかさ、日のあたる冬の縁側のような温かみが、根無し草稼業のコンプレックスを、いやみなく伝えてくるため、見手も「うんうん、男はつらいねえ」とシンプルにじーんとさせられるのである。

そして、重要キャラの一膳飯屋の女主。戦後版では杉村春子が演っている。これがスベっていると思うのは私だけだろうか。

鄙《ひな》びた町のしがない一膳飯屋で、粗末な着物をぐずぐずと着て、時々、胸元の着崩れをひょいと直して、首を45度ほどひねり、「ちょいと一本、付けようか」と、久方ぶりに訪れた男に、小声なのに滑舌よく言う。ああ、こういう役は、そりゃあ、杉村春子だろうよ。小津映画では。でも、こういう役を演る彼女の手馴れが、仇《あだ》になっているように感じられるのである（あくまでも私には）。

この役を、戦前版で演っているのが……、飯田蝶子である。公開日マイナス生年の単純計算で、37歳時。


令和にこの映画を見た人は「37歳!!」と目を剝くだろうが、戦前の37歳はこんなもんだったのだろう。こうした視点でも、たのしみ満載なのが古典ムービーと旧ムービーだ。


飯田蝶子。明治30年生れ（杉村より9歳上）の名前を見て即座に顔が浮かぶのは、令和5年現在、還暦以上の世代だけだろう。が、昭和の時代には、初期から末年までずーっと、子供から大人までが、その顔を知っている女優であった。田舎のお婆さんというと、この人が画面に出てきた。

私も「お婆さん」として、蝶子をとらえていた。彼女と北林谷栄《たにえ》は、実年齢の若いじぶんから映画の「お婆さん市場」を、独占（二分か）してきた。

還暦未満のヤングも画像検索したらわかる。蝶子のルックスは見てのとおりだ。

事務員をしていた25歳のころ、同性の知人と松竹蒲田に面接に行ったところ、連れの女性は「こっちはいい」と合格し、蝶子は「おまえは不合格。女優をする顔ではない」と不合格。だが蝶子は挫《くじ》けず、「ワタシのような顔をした者が脇役には必要ではないか」と力説し、撮影所通いを許され、無給で雑用や通行人的出演をしているうちに、役を獲得。女優として本採用になった。

大幅に端折《はしょ》ったが、こんな経緯で女優になったようなルックスである。

目が、べしゃっと踏んづけちゃった二等辺三角形。底辺が長く、高さがうんと低い二等辺三角形。黒目の面積が小さい。一重まぶた。お婆さんっぽく見える目の形だ。そして、美容形成業界的（造語）には、大きな欠点とされているガミー。笑うと歯茎が見える口元をこう言う（'55『警察日記』あたりから総入れ歯にしたのかガミーでなくなり、顔つきが若干、変わった）。

戦前版の傷んだフィルムの『浮草物語』では、蝶子のガミーが大活躍。笑うシーンが多いのである。坂本武が訪ねてくると笑い、お銚子を運んでは笑い、息子が帰宅すれば笑い、坂本と息子が将棋をしているのを見ては笑う。そのたびにガミー。

ところが！

そのたびに、見ているこちらは、しみじみと幸福感に満たされるのである。たましいが救われていくような、と言うと大袈裟かもしれないが、でも、そんな、なにか、日ごろの鬱々としたものから解き放たれるとはいかないまでも、彼女の笑顔に接したときだけは、ぜんぶ忘れさせてもらえるような。

美しい！　笑った飯田蝶子は、ものすごくものすごく美しくチャーミングである。これは綾瀬はるかの笑顔の上を行く、２００％増。「マドンナのほほえみ」と讃えてよい。

この笑顔が、戦前版を勝利に導く大いなるポイントである。現在、配信で戦前版が見られる。

ヴェネチア映画祭での
京マチ子
和服の着こなしゴージャス!!
『長屋紳士録』の
飯田蝶子
いいお顔…♥

アマゾンのプライムビデオに入っているのは「活弁入り」。公開時の活弁の音声が入ったフィルムではなく、近年に、活弁調のものを付けたマツダ映画社バージョン。ただしこれは意外にリスクが高いかもしれない。

画面から音がまったく出ないのは、なんだか落ち着かないという人もたしかにいるだろう。が、現代はミュートで動画だけ見ることに慣れている人もわりと多いので、戦前の、いかにも女女した所作の女性旅芸人や一膳飯屋の女主のセリフを、男の声でしゃべられると、もぞもぞするという人もいるのではないか。そういう人は「活弁入り」をミュートで見たほうがいい。選択はおまかせするので、ぜひ一見をおすすめする。一時間ちょっとだし。

子役の突貫小僧（注・芸名が突貫小僧）もいい。

で、戦前版『浮草物語』では、よくほほえむ蝶子であるが、ムスッとしっぱなしなのが『長屋紳士録』。

監督は、むろん小津。小津のベスト4は、『東京の合唱』『大人の見る繪本　生れてはみたけれど』『麦秋』、そして『長屋紳士録』。

ラストのナレーションだけが蛇足の感アリだが、敗戦後1年目にとりかかった作品だから、あれを付けないといけない事情があったのかもしれない。

『長屋紳士録』の主役は蝶子。笠智衆が、若きアーティスト〈のぞきからくり〉屋）役で、80年代の公立高校の美術の先生みたいな服装なのが智衆ファンにはレア価値。

ムスッ↓キッ↓ガッ。子供を怒鳴るまでに蝶子の表情が変化していくのを、傍らで見ている吉川満子の、ミョーな顔つきと「間《ま》」も、くーっ、イイ！

この映画で、終始ムスッとしている蝶子は、だが、終始、見手《みて》を笑わせてくれる。爆笑ではなく、ほほえみを、見手にもたらしてくれる。ほほえみのマドンナである。

15

可笑しくてかわいい人

P社の某誌では「抱かれたい男」という特集が、定期的に組まれていた。その雑誌からコメント依頼が来たので、「なぜ、抱かれたいなのでしょうか？　抱き合いたい、ではないのでしょうか？」と訊いて、記者さんを困惑させてしまった経験が、30代のころの私にはある。セックスを前向きに捉える場所において、女は男に抱〈かれる〉という言い方になるのは、おかしいではないか。セックスは二人でエンジョイするのではないか（合意の上での三人以上もあるだろうが）。

これは、1990年代でもなお、記者を困惑させる質問だったのである。

同じころ、Qテレビに電話をかけたことがあった。

Qテレビの夕方のニュースで「次は女性必見の話題です」とのアナウンス。なんだろうと、入ったCMが終わるのを待っていると、真珠がよく採れたのでどうのこうのといったニュースだった（ような。要は真珠についてのニュースだった）。

おかしいではないか？　真珠が好きな男性もいるだろう？　形状が美しいし、また、形成される仕組みも興味深いから、関心を抱くのに性差があるだろうか？　本当にふしぎで、電話をかけたのだ。応対してくれた女性スタッフは言った。

「どうしてヘンなんですか？　わたしなんか、すなおに真珠、好きですけどね」

と。こちらを叱りつけるような口調だった。その声の大きさに私はへこたれた。すっかりへこたれた。

他人に対して即座に大きな声を出せる人が、世の中にはいて、体調不良時の中森明菜より通りにくい声である私には、凄いと映るので、ましてや、すり替えの主張を強い口調でしてくる人の、その口から出る声の大きさは恐ろしい。

自分が強く思うことを強く主張することは、どんな人にも、時にあろう。

そうではなく、相手の言ったことを、カード手品のようにシャッとすり替えて、あなたはまちがっていると怒鳴る人というのが、たまにいて、そういう人の口から出る大きな声は、ボイラーのようで恐い。

Qテレビの電話スタッフがこれだった。〈真珠が好きなことに性差はないのではないか〉という問いを、〈女性が真珠を好むのはヘンだと言った〉とすり替えて、いきなり火を噴いてきたボイラーだった。恐ろしくてへこたれた。

恐ろしいのに、恐ろしくなりたくてホラー映画を好む人もいる。このころというのは、まだ動画配信はなく、〈カウチポテト族〉という流行語ができたとおり、映画をレンタルしてきて見る人が増えていた。小さなレンタルビデオ店が町のあちこちにあり、それらの店のラックには、『チャイルド・プレイ』の続々編以降が、次々と並んでいったものだ。

「チャイルド・プレイって、たしか、チャッキーとかいう恐い人形のやつ?」

そうだ。しかし、このチャ、ッ、キ、ー、と、か、い、う、人形が出てくる映画は、恐い映画ではないのだ。ジェイソンや貞子やフレディとかいう化物が出てくる映画と同一視している人もけっこういるようだが。

一作目こそ一応ホラーだったが、続編からは、コンセプトが定まらない可笑しみが漂い始め、続々編からは正面きってコメディに変わっていて、私はこのシリーズの新作が出るたび、レンタルしてきた。

シリーズ第4弾『チャッキーの花嫁』では、チャッキーが人間だったころの恋人が、壊れたチャッキーを修繕(?)したはいいが、自分が人形にされてしまい、人形カップルで、人間カップルを監禁するものの、人間女に「あなたが一人で料理して、あの男人形は皿も洗わない」と男性の家事不参加を突かれると、ハッとしてチャッキーを怒り出す。このシーンの紹介だけで、ホラーでなくなったのが伝わるかと。

チャッキーのシリーズを見ていた理由の一つには、エイブラハムズ&ザッカー兄弟監督の映画『トップ・シークレット』や、森高夕次作・月子画の漫画『トンネル抜けたら三宅坂』みたいな、アホらしさ100％なコメディに目がない、というのがある。が、もう一つ、大きな理由がある。ジェニファー・ティリーが出ているからだ。

チャッキーの人間時代の恋人ティファニー役がティリーなのである（恋人人形にされてからの声も）。

彼女の名を見て、顔をすぐ浮かべられる日本人は多くはあるまい。チャッキー・シリーズを見た人でも、人形しかおぼえておらず、めずらしくおぼえている人がいても、

「え？　恋人ってどんな顔だっけ？　太ってた人？」

くらいの印象しかないのでは？

日本ではほとんど知られていないし、本国アメリカでもどれほどの知名度なのか、日本にずっと住んでいる私にはわからない。しかたがないので、彼女を説明するときは、

「アメリカの筧《かけい》美和子ってかんじで……」

と、ごにょごにょ言う。ウディ・アレンなら日本でも有名、アレンの映画『ブロードウェイと銃弾』ならアカデミー賞4部門5人がノミネートされ、うち1人が助演女優賞ゲット……、なのでこの映画をまず挙げて、この映画で演ったティリーのキャラは邦画なら筧美和子がやると似合いそうだと、続けて言って、日本のみなさまにティリーに親近感を抱いてもらおうという作戦をとっている。

『ブロードウェイと銃弾』のティリーは、マフィアの親分から黒真珠のネックレスをプレゼン

トされて「白くないじゃないの。汚れてるわ」とかなんとか言い返すような女を演っている。「きっと悪い貝から作った真珠ね」とネックレスを見つめるシーンの、声としぐさの可笑しみに、胸きゅーん!! 巻き戻しては見、巻き戻しては見、悶える。

顔の造作がかわいいのではないんだと思う。思う、とは無責任だが、彼女が好きで好きでたまらないので、もはや顔の造作もかわいく見えてしまい、なにをやっても、どんなに太っても許せてしまい、他の人の目にはどう映るのかわからなくなっている。そこを無理して冷静になって、なぜかわいく見えるのかを考えると、「顔の造作がかわいいのではないんだと思う」という言い方になる。

ティリーの名前も映画も知らない人が「ジェニファー・ティリー」とカタカナで入力して検索したとする。出てくる写真を見る。「へー」でオワリだろう（たぶん）。

たまたま私の場合は、Jennifer Tillyと、英字で初めて名前を見た時と、映画で彼女が、動いて・しゃべる　のを、見て・聞いた　のが、同時だった。それも自主的に選んだのではなかった。試写依頼があって見た作品だった。

タイトルは『バウンド』。１９９６年。カラー１０８分。監督はラリーとアンディのウォシャウスキー兄弟（当時は。手術後の現在は、ラナとリリーのウォシャウスキー姉妹）。

刑務所を出てきたばかりの配管工の女A。マフィアの男の情婦B。二女がたまたま集合住宅の隣同士の部屋に住むことになるところから物語は始まる。

配管女Aはジーナ・ガーション。34歳時の出演。革ジャンの似合うハンサムウーマンを演じている。

情婦Bを演っているのがティリー。38歳時の出演。しおらしい情婦を演じている。

物語は、組織が手に入れた大金をめぐって展開していく。飽きない筋運びで、おもしろく仕上がっているが、サスペンスという点に、焦点というか興味を置いた人は、ナントカのほうが息つく隙もないくらいどうのこうの、カントカと比べるともっとどうのこうの、等々、他の映画を挙げて、「ふつうにおもしろかった」みたいな感想に終わるかもしれない。

だが、映画も絵画も漫画も小説も、事前情報ナシ※にすぐに見る（読む）私は、とくに『バウンド』の場合は、時間ぎりぎりに会場についたものだから、サスペンスだという分類も情報に入っていなかった。

※犯罪もの、恋愛もの、とか、中世の、近世の、とか、翻訳もの、現代日本もの、とかくらいの大まかな情報しか入れない。

そのせいかどうか、サスペンスとしてより、二女の様子に引き込まれた。

配管女Aは、メンズライクなハードで黒っぽいパンツと靴で、情婦Bは、どフェミニンなワインレッドの口紅に露出の多いトップスとミニスカートと靴。

Aガーションは、寡黙で浅黒くスレンダー。Bティリーは、むっちりとしたおっぱいにお尻に白い肌。

ジェニファー・ティリー
おっぱいもいいけど
二の腕が超好みっす…(涎)
も

こういう二女が出てくると、女性鑑賞者は「きゃー、ガーション様、すてきー。抱かれたい女だわァ」的な反応をし、男性鑑賞者は「ティリーのボディコンええやんけ。やっぱボディコン、ええど」的な反応をするのが近年の主流になってきた。この反応の背景は、ちょっと複雑である。

女性の場合、「女っぽい女を嫌う人」が多い。自分が獲得している（狙っている）♂を奪われるのではないかという警戒なのか、女っぽい女になるのはみっともないという知らず知らずの外的訓練を受けてしまったためなのか、それとも、同性を褒めることのできる自分を異性に無意識にアピールしたくて、強い褒め方をする（例・「抱かれたいわ」など）のか、本人にも定かではなかろう。

人中（ひとなか）で、同性に対する評価を表現するのは、男性よりも女性のほうが、はるかに技量

を求められる。もし、社会で「力」のある場所についている性別が、女のほうが多い歴史が長かったとしたら、技量を求められたのは男性のほうであっただろうと想う。

'96の試写会に来たような男性ならびに日頃から映画をよく見ている男性に感想を聞いたところ、全員が、情婦Bにさして魅力を示さず、配管女Aに好意を示した。

彼ら1975年以前の生れの日本人男性が、情婦Bに魅力を感じないのは、すでに8章で書いたとおりだ。

『奥さまは魔女』のセリーナ、『ピクニック』の姉、など、お尻むっちり巨乳の谷間が襟元からチラ見えのうっふ〜ん女に対しては、自分の精子だけを受けてくれそうにないという♂としての警戒なのか、「(自分の精子でできた)子の母」としては不適切だから嫌うようにねと知らず知らずの外的訓練を受けてきたのか、それとも、こういう女を嫌うと自分が知的な男であると大勢の女にアッピールできるという無意識の判断なのか、本人にも定かではなかろうが、ともかくも、2000年以前には、彼らのような反応には、何度も何度も遭遇してきたので、このことは措いておく。

『バウンド』がおもしろかったのは、この手の男性(乱暴に分類すればインテリ男性)から、「おれ、巨乳って、キョーミないんだよね」と食指を動かしてもらえないような情婦Bに、配管女Aを、接近していかせるところだ。

作り手側が、配管女Aに、夢を託しているというか、配管女Aのほうに、自分を映しているというか、そんな気配を感じたのである。一見、女が憧れる女ふうに造形してある。だからAの相手は情婦Bのような「うっふ〜ん」な女にする。すると、Aのハンサムウーマンさがきわだつ。

「監督は女だっけ?」

見終わった後、会場で渡された資料で確認したら（スクリーンには監督名がちゃんと出てきたが、長い苗字だったので読み取れなかった）男だったので、「あれれ?」と思ったおぼえがある。後年、監督二人の手術のニュースを知って、なんだか納得した。

配管女Aは、一見、タカラヅカファン的に「きゃー、ガーション様、すてきー」と言われそうなのであるが、情婦Bよりもっと「女っぽい」雰囲気なのである。湿っている。濡れている。白蛇のように淫猥《いんわい》だ。

いわばヒネリのある色気の女Aが、日本人男性、とくに日本人インテリ男性には好かれないタイプの、しかしアメリカでは、いわば記号的な女性らしさと映りそうな情婦B（換言すれば、こういうタイプの女を好んでこそ男らしいというようなお国柄で生まれたキャラ）にアプローチされる。で、されたら次は、白蛇の淫猥でBを攻めて攻めて攻めまくるのに変貌する。その攻めが、ペニスのある肉体の攻め方なのである。でも心はど女っぽいのである。ここが、東映大奥ポルノによくあったレスビアンもの＝ノンケの男性鑑賞者のために、女体を二体見せるためのサービスレスビアンものとは、まったくもって違う、独特のエロスがあった。この点で私は『バウンド』

を★5に評価する。

「サスペンスとしてより、二女の様子に引き込まれた」と前述したのは、こういう意味である。この映画で、私ははじめてティリーを知った。

独特の声をしている。彼女の魅力はとにかく、この声にある。この声が、「記号的な女っぽさとして映りそうな女」をちょっと歪《ゆが》めている。いや、相当歪めている。「この人、いっしょに飲みに行くとおもしろそうだよね」と男性が思いそうに仕上がってしまっている。

女性が「いっしょに飲みに行くとおもしろそう」と言う男は、P社の雑誌の特集的な意味で抱かれたい男の換言であることが多い（日常生活において、多くの女性は性的分野の感情をはっきり言わない）が、男性が「いっしょに飲みに行くとおもしろそう」と言う女性は、ほんとにいっしょに飲みに行くとおもしろそうだという意味で、換言すれば、性的魅力はあまり感じないということである。

女にとってプライベートタイム時の会話はウルトラ大事な要素だが、社会で責任をとらねばならぬ歴史が長かった男にとっては、まるで重要ではない。自慢を、んまァスゴーイと聞いてくれるか、落胆を、そんなことないわよと励ますように聞いてくれるか、「聞く」スペックだけついていればいいので、男が「いっしょに飲みに行（ってしゃべる）とおもしろそう」などと感じるとなると、つまりは女としては魅力は乏しいということなのである。

『バウンド』を見て、男性が情婦Bを「あんまし、タイプじゃなかったなあ」くらいの印象しか抱かないのは、ティリーの声にある。あの独特の声が、情婦Bを「うっふ〜ん」ではなく「おもしろい」にしてしまっているからだ。

一旦、話を逸らす。日本人（中国、韓国もかな）と白人の、顔の、人種的な差の、大きな一つに、浮かべた表情が、徐々に消えるかパッと消えるかがある。

「ハーイ、これから学校かい、マリー」と近所の道でマリーとすれちがったパン屋のジムは、100ワット電球がパッと点《つ》いたように笑って彼女とすれちがい、直後にスイッチを切ったかのように口がパチッと閉じ、頬の肉はポンと下がり、石のように無表情になる。

一方、「おはよう、これから学校なの？　マリちゃん」と近所の道で真里とすれちがったパン屋の次郎は、40ワット蛍光灯のように、だんだん点くように笑って彼女とすれちがい、その後も、口角はやや上がったままで、頬の肉もやや上がったまま、徐々に笑顔が消えていって、元の表情にもどる。

して、『バウンド』の情婦Bは、自分を情婦にしている男を謀《たばか》るために、親分クラスの男に電話をして「助けて〜　あいつが怒って迫ってくる〜」みたいな嘘をつく。その時は本当に「こわいわ、こわいわ」という表情になっていて、電話を切ったとたんパッと元にもどる。この場面、ティリーの声が拍車をかけておもしろくしている。私は声を出して笑った。だが、日本人なので、次のシーンに変わっても、試写会会場の暗闇で、まだ顔は笑ったようなままであっただろう。

可笑しい人である。可笑しくてかわいい。かわいくてかわいくてかわいくてならない。でっぷり太った現在も、かわいい。大好きです。

モンゴロイド系の血が入っているので、イヌイットの役で三船敏郎と一緒に『シャドウ・オブ・ウルフ』に出てるのですが、これは見られてなくて残念。

16 世界一の美人 カトリーヌ・ドヌーヴ

世界一の美人。

といえば、「一」なのに二人いる。エリザベス・テイラーとカトリーヌ・ドヌーヴ。

「美」という抽象、いや、このさい「たんなる好み」と言おう。そんなもんを一人に決めるのがどだい無理があるわけで、要は宣伝用のキャッチフレーズなので、三人でも四人でも世界「一」の美人がいる。だれもオードリー・ヘプバーンがコティングリー村で撮影された妖精だとは信じていまい。でも彼女は「妖精」なのと同じである。

13章でVJという造語を出した。VJ＝世界一の美少年が出演した『ベ《V》ニスに死す』日本公開時に、思春期・青春期の年齢だった日《J》本人。

VJ世代にとっては、カトリーヌ・ドヌーヴ＝世界一の美人、である。

田んぼに囲まれた公立中学校の生徒たちは、教科書で習ったようにおぼえた。

「世界一の美人って、どんなんや?」と、縁日の見世物テントを覗くのに近いのりでドヌーヴを見て、「へえ、これが世界一の美人というものか」と、文政時代に玉ねぎを初めて見て辣《らっ》韮《きよう》のお化けだと思った日本人のように、明治時代にトマトに顔を近づけたとたん鼻をつまんだ日本人のように、あまり腑に落ちなかった。

’70大阪万博も過去になり、あさま山荘事件も終息した1970年代初めの、田舎町の中学生には（おそらく青壮老年にも）、カトリーヌ・ドヌーヴよりも、オリヴィア・ハシーのほうが、ずっと美人と映った。オードリー・ヘプバーンのほうが、ずっとかわいく映った。

ただし。同級生の98％は、ＴＶですら映画を見ないので、譬《たと》えるなら、「医」を「醫」と書く表札が門柱にかかるご立派なお屋敷の、大阪大学医学部に通われていてふだんは御不在のご子息が、たまのご帰宅のさいに見せて下さる、ちゃんと大阪の紀伊國屋で購入なさった『スクリーン』誌のグラビアページだけを見てのような印象である（つまり動いて声を出すハシー、ヘプバーン、ドヌーヴはまったく知らずの印象）。

当時の田舎の中学生は、実際に映画を見られないし、見たいとも望まないのである。見たいと望んだ場合、そのような不健全な欲望を抱いたことは、親や先生や同級生たちには隠さないとならない。

昭和33年に柳田國男が『故郷七十年』という語りを神戸新聞にしていて、そこに「文学は人心に悪影響を及ぼすばかり」みたいな旨があるが、令和現在でも柳田に同意する人のほうが多いのが実情というものなのだ。ましてや私が中学生だったころの、しかも旧い町では、小説映画詩などというものに関心を持つのは、不健全な魂の証で、まだしも漫画のほうが「子供っぽい」ですんで許された。

通った公立中学校の学年は約300人。うち映画を見たかった生徒は女子1男子1、計2のみ。女子1が私だ。男子1がいることは、ふとしたことで判明したが、異性の彼と協力しあうなど、神経症的両親のもとでは不可能だった。

集計数にあらず見当数。最近、LINEというものが普及して、高校の同級生25人と毎日のようにおしゃべりするようになったが、「映画のことはわからない。映画は学校から連れて行ってもらったやつしか見たことない」と当時について23人が明言している。高校でこの少なさとなれば、中学時は学年でも映画に関心のある生徒はさらに少なかったはずと見た。

中高生では勝手に電車に乗って京都に出かけることはできない。そこでまず、京都新聞をとっている家の子に古新聞をもらえないかと頼んで、ある一面だけもらう。

わが家は朝日新聞をとっていた。映画館情報が載っていない（と中学生の私は思い込んでいた。夕刊には載っていたと思われる。朝刊しかとっていなかったので、それがわからなかった）。昼の弁当を新聞紙に包んでもってくる生徒がほとんどで、隣席の子の弁当箱の下を見たら、『スクリーン』で双葉十三郎が褒めていた映画の時間表が出ている。「うひゃあ京都新聞には、映画館の情報欄があるんだ！」。そこで、周囲に購読新聞を訊ねてまわり、京都新聞だと答える子がいると、最新映画欄の載った面だけを「ありがとうありがとう」と手をあわせてもらう。

京都新聞を見る。何時に京都スカラ座でナントカを、何時に東宝公楽でカントカを、上映している。見て、スカラ座に、東宝公楽に、行ったつもりになる。

それから広辞苑ほどの大きさのちゃちなプレーヤーで直径17㎝のレコード（ドーナッツ盤といった）をかける。主題曲が流れるシーンをそのままカッティングして録音した「オリジナル・サウンドトラック」というものが、当時は廉価で売っていた。

ラジオや雑誌には、歌謡曲ベスト10、洋楽ベスト10に加えて、スクリーン・ミュージックベスト10というジャンルがちゃんとあった時代だった（これについては次章に）。

廉価といっても中高生には高額だから、なんとか工面（公衆電話機や煙草屋のそばの道路を這いつくばるようにして、落ちているお金を拾ってまわる、靴や文房具で未使用のものを同級生に売って、なくしたと親に嘘をつくなど、憎いみうらじゅんには想像もできないであろう工面）をして、たまに1枚買えるのが関の山。

こうして事前の準備をした上で、古《ふる》京都新聞の映画欄を見て↓サントラ盤の表ジャケットのカラー写真＋裏解説面のモノクロ写真を見て↓曲を聞いて、頭の中のスクリーンで上映するのである。空想映画を見終わったあとも、また曲を聞きながら、くり返し上映する。

この方式の上映を《更級日記スタイルで見る》と言う。菅原孝標女《すがわらのたかすえのむすめ》なら、きっとわかってくれる。こんなにまで焦がれて映画が見たかったことを。隣府京都在住のみうらじゅんの恵まれた環境に生育しなかった私は、まさに薬師仏に《きやう（京）にとく上げたまひて物語の多くさぶらふなる、あるかぎり見せたまへ、と身を捨ててぬか（額）をつき祈り申す》やうな気持ちで暮らしていた。

《更級日記スタイルで見》たカトリーヌ・ドヌーヴ主演作でベスト1は、『哀しみのトリスターナ』である。次点が「フォンテーヌ」。はて、ドヌーヴ映画にそんなものが?と首をかしげた方は後述を待たれたし。

上京後は、リアルな上映スタイルでドヌーヴ出演作をいくつも見た。見てわかったのはドヌーヴが女優の中ではとくに整人ではないことである。さらに見てわかったのは、本当に世界一の美人と言っていいことである。

ドヌーヴという人は、名だたる女優の中では顔が絶世に整ってはいないし、桃井かおりや淡路恵子より指が短く、煙草を持ってもスタイリッシュな手元にならない。ブロンズ粘土をごごい捏《こ》ねて大作を仕上げそうに手がごつい。『ハンガー』でも男のデヴィッド・ボウイを担《かつ》いでサマになっているではないか。猪首《いくび》で鰓《えら》が張っている。ジーナ・ロロブリジーダのように巨乳でもなく、ラクウェル・ウェルチのようにウエストが蜂くびれでもなく、アンナ・カリーナのようにまぶしい脚線でもない。にもかかわらず、ひきこまれる。『哀しみのトリスターナ』のサントラ盤ジャケットなど、スケッチブックを何冊使って、顔を描いたかしれない。ひきこまれるのである。いつまでも見ていたいのである。

オードリー・ヘプバーンが令和現在でも日本人(とくに女性)に人気を誇るのは、まず細い細いのと、彼女の映画にはロマンチックな起承転結と生活感のない衣裳小物があるからだが、ドヌーヴの映画にはそうしたものが、ゼロとは言わないが、さしてない。『シェルブールの雨傘』と『ロシュフォールの恋人たち』くらいが、音楽と洋服がシンプルにおしゃれかもしれないが、オードリー映画の、夢みるようなそれらにはとうてい及ばない。

オードリーかドヌーヴかどちらが好きか。この比較は、サイダーかブルネッロ・ディ・モンタルチーノか、桃か慈姑《くわい》かのようなものである。

酒飲みならブルネッロで慈姑、日常的に何本も映画を見るような人ならドヌーヴであろう。オードリーの映画はステキである。ドヌーヴの映画はインタレスティングである。類まれな女優だ、やはりカトリーヌ・ドヌーヴという人は。平板で退屈な脚本の映画でも、ドヌーヴが出ているとおもしろくなる。彼女の表情やしぐさや発声で、画面になんらかの関心事がぽつ、ぽつ、と現われて、シーンにひきこまれてしまう。

しかも年齢をとるほど顔つきがよくなっていく。ますますひきこまれる。皺にひきこまれる。ひきこまれる？　うーん、弱いな。ひきずりこまれる、に変更。見る者をひきずりこむ、あの威力はなんなのか？　パワーフェイス。ほんに世界一の美人だわい、とつくづく思う。『哀しみのトリスターナ』は27歳時の出演であったが、白人（日本人からは実年齢より上に見える）なので35歳くらいに見える。『インドシナ』以降の貫禄美が、はや萌芽している。一番好きなドヌーヴ映画かもしれない。

この映画にはＮＨＫ大河ドラマと同じ大きな欠点がある。大河ドラマでは主要キャラの子供

時代を子役が演り、思春期からいきなり大人の俳優に替わる。このせいで歴史的人物関係が混乱することがある。子役・ティーン俳優・アダルト俳優の三人制にしたらいいのにといつも思う。

『哀しみのトリスターナ』もそうで、トリスターナの少女時代も35歳（に見える）ドヌーヴが演っているので、フェルナンド・レイ※が「少女をいいように愛撫して、そのうちセックスまでしてしまい、ずるずると性交渉をつづけた」という状況が、観客には相当わかりづらい。「落ち着きある大人のトリスターナは自分も合意で、この爺さんを受け入れてたんじゃなかったのか？」と見てしまう観客もけっこう多いのではないだろうか。

※スペインの三國連太郎。これがフェルナンド・レイを説明するのに最短にして最適。

少女にふりかかった不幸と憎悪を象徴する、鐘に吊り下がったレイの首のＳＦＸがまた、現在の技術とは雲泥の差なのは当然としても、1980年代に見た時でさえ、「は？」となるほど不出来だし。

それでも、この映画はおもしろい。ドヌーヴが。とにかく彼女がいい。三國連太郎レイもよく、荒野のジャンゴ※がこの映画ではなにやら殊勝に文弱な男を演っているのもおもしろい。ドヌーヴの、邦題担当者が知恵をしぼってつけたのであろう「哀しみ」な風情から、したたかに自我にめざめて、濃厚な色気を放っていく、たたずまいの変化。テラスの上から庭の下男に、右足を切断した全裸を見せるシーンの歪んだ高慢は、ドヌーヴならではのリアリティで迫力の色気がある。げに世界一の美人である。

※荒野のジャンゴ＝『続・荒野の用心棒』でジャンゴを演ったフランコ・ネロ。スペインの菅原文太。

お待ちかね（？）の「後述」に入る。

フォンテーヌだ。「そんな映画がドヌーヴにあったか？」と非VJ世代が首をかしげる横で、われらがVJ世代は講釈師のように机をバンバン叩いてくれるはず。

VJ世代には、数々の名作映画より、ひょっとするとフォンテーヌこそがドヌーヴを胸に刻んでいるのではないか。フォンテーヌは映画タイトルではない。建築家の名前でもない。カツラだ。

1970年ごろ、薄毛の対処目的というより、一時的なイメージチェンジや、ちょっとあらたまったお出かけ前に、美容院に行かなくてもパッと被ればすむ美容小物としてのカツラを、おしゃれウィッグという扱いで、二社がTVで金をかけたCMを流した。ヴァリーエとフォンテーヌ。

後者に出演したのがドヌーヴであった。CMは、甘美なメロディをバックにしたドヌーヴのイメージフィルムでしかなく、カツラのCMだと認識できなかった人が大半であろう。

「いま、フォンテーヌするとき」

と、こういうCMであるからして、もちろんナレーションは城達也なのだが、フォンテーヌするとき、と言われてもね。薄毛隠しの目的ではないカツラであることを訴えるには、カツラと言えない、でもウィッグという英語は浸透していない、苦しいメーカー事情だ。となれば、とにかくムーディ、ムーディ、で攻めるしかない。となればもちろん音楽は『ある愛の詩』『白い恋人たち』の作曲者、フランシス・レイ。

さてみなさん、ちょっとここで、

「ダーバン、麻布十番のドラマでやんす」

と、鼻にかけた声で言ってみて下さい。そうすると、アラン・ドロンを起用したレナウンのスーツのCMのフランス語のナレーションになりますね？　この要領で、

「大法螺《おおぼら》　フォンテーヌ　極道　フォンテーヌ」

と鼻にかかった声で、フランシス・レイのメロディにのせて歌うとフォンテーヌのCM『泉

の詩』に聞こえるですよ。甘く切ない曲を得意とするフランシス・レイの面目躍如なメロディとおフランス語の歌詞をバックにしたこのCMの中の27歳時のドヌーヴは、これはもう、田舎の中学生でも「なるほど、これが世界一の美人か」と、昭和初期のトンカツとコロッケとカレーの三大洋食に納得した日本人のように、納得するのではないかっていうくらい、フォトジェニックにきれいだった。窓からこちらを憂いのまなざしで見つめるショットなど、『シェルブールの雨傘』の時（21歳）より、きれいという点では勝っている。

そして同時期、ライバルのカツラ、ヴァリーエに出演したのは？

VJなら即答してくれるね？　オードリー・ヘプバーンだ。

CM合戦に関してはオードリーの負けだった（と私は思う）。カツラだと言えない事情はこちらも同じだから、こちらも商品名をオードリーに連呼させるのだが、日本人には「フォンテーヌ」ならまだ馴染みのあるガイコク語だが「ヴァリーエ」は皆無。おぼえられない。おぼえられないということはCMにとっては致命傷である。

画面は、こちらもオードリーのイメージフィルムの仕上がりで、41歳時のオードリーがファンデーション厚塗りの、アイライン歌舞伎塗りで、三つ編みおさげ（意地悪に見れば3章の浪花千栄子ばり）で自転車に乗ったり、木立を駆けたりする。日本人が彼女に求めるものが、あくまでも「清純な少女」なのでしかたがないとしても、なんだかぱっとしない出来だった。

それはさておき、「ヴァリーエ」と商品名が画面には字で出るのに、「ヴァーリエ」「ヴァーリエ」と連呼するのが、私にはすごく気になったよ、モーリス・シュヴァーリエ！（『昼下りの情事』でオードリーの父役）。

田んぼの中の公立中学生たちは、ドヌーヴという苗字を「溝（どぶ）みたいや〜」と、すごく気にしていたが……。

17 哀しみのオリジャパ日記

カップヌードルの存在を有名にしたのがあさま山荘事件であったことは、現在では常識とまではいかずとも、そこそこに知られている。冬の軽井沢では用意された弁当が凍ってしまうので、機動隊員が、差し入れられた温かなそれを食べている映像がニュースで流れたためだ。

この〈はじめから使い捨てカップに入った麺〉が新発売されたことを、あさま山荘事件の報道まで、誰も知らなかったわけではない。知っている人は知っていた。ただし、全国どこにでも売っている商品ではなかった。商品名を有名にし、全国的に販売されるようになったのは、あさま山荘事件（だけが原因だったわけではないのだろうが、時期的にこのころ）からである。

「事件前に、京都の呉服会社の社長さんから、お中元にカップヌードルの詰め合わせをもらい、他の同級生に先駆けて食べたことで、すごい、どうだった？　と騒がれたたっけ」

「事件後には、フラワーチルドレン・ファッションの男女が、カップヌードルを、プラスチックフォークで立ち食いするのが時代の先端だったりしたっけ」

……と、まだ30代だった私が、20代の編集者に、この「むかしばなし」をすると、「エエーッ！」と驚かれた。彼女とは（今からすれば僅か）7歳の年齢差であったのに、このギャップだったのだから、では、押しも押されもせぬシルバーエイジの現在、私がこれから話すエレジーが、読者の、いったい何人に、エレジーたる所以をわかっていただけるか心細い。

カップヌードルにまつわる「ねえねえ知ってる逸話」は、カップヌードル自体が「現在では誰もが知っているメジャーなもの」であるのに比して、これから話すエレジーの主役は、マイナーどころか、今では消えてしまったものである。それでも、オールドからヤングな映画好きに、束の間ささやきたい。ふしぎなレコード販売についてを。

「当時だから許された」とでも言えばいいだろうか。「あのころだから成り立ったユルさ」とでも言えばいいだろうか。

シルバーエイジと自分のことを言ったが、もすこし具体的に世代を明かすなら、山口百恵・桜田淳子・森昌子の中三トリオ※の学年である。

※トリオに被さる学年は中2→高3まで、彼女たちとともに変わっていったが〈花の中三トリオ〉が代表的。

この世代がティーンのころの文化風俗として、どのレコード店にも、〈映画音楽〉というコーナーがしっかりあったはずである。

「はず」と言うからには推測だ。上京前の自分は、親と同伴か許可がないかぎり、家から徒歩3分以内と学校以外の場所に出ることはままならなかった。大都市在住で、かつユーモアを解するリベラルな両親の家の子でもないかぎり、みなさんこんなものであったろう？　だが、「忙中閑あり」ではないが「不自由中スキあり」で、親に頼まれた買い物に出た先の商店街やスーパー内のレコード店に〈映画音楽〉というラックがあったし、歯医者さんや床屋さんの待合室に置かれていた雑誌にはたいてい、売れているレコードのベスト10から20位くらいまでのチャートが出ており、洋楽・邦楽、の二分に加えて映画音楽の三分になっていることもよくあった。こうしたことからの推測。

コーナーが二分の場合、〈映画音楽〉は洋楽に分類されていた。つまり、映画音楽とは洋画に使われている曲を指した。10～20代は、洋楽・洋画を「高級文化視」していた。40～60代はジョニ黒（ウィスキー）を応接室の棚に飾っていた。

　こんな時代の、映画に焦がれるティーンにとって、レコードのジャケットにある「オリジナル・サウンド・トラック（サントラ）」という印刷は「権威」であった。

　中学生の私も、もちろん欲しかった。だが我が家には、小遣いのシステムがなかった。父親は父親の流派で、母親は母親の流派で、我が道を行く神経症であったので、家に一人だけいる非就労者の中学生が、金をそこそこに蓄えているという幻覚があったのが、もらえなかった理由である。これは今からすれば推測であって、中学生当時の私に、病理学的心理学的分析ができようはずはなく、ひとえに「家」という場所、「親」という人間が恐ろしく、苦心と嘘を重ねて、廉価なドーナッツ盤（A面B面の2曲のみ）の映画音楽のレコードを入手し、それをかけては空想の映画を見ていた（これを〈更級日記スタイル〉での映画鑑賞と呼んでくれ、と言ったのが前章）。

苦心の成果である映画音楽のドーナッツ盤のうちでも、『哀しみのトリスターナ』と『純愛日記』は、盤が擦り切れるほどかけて、〈更級日記スタイル〉で何度も見た。

とくに『純愛日記』は、さすがに、これだけはリアル映画館で本物を、中学生時に見た。「さすがに」というのは……、この映画に出たアニカ役のアン・ソフィ・シリーンの、一枚の、あるショットの、小さな写真に、雷に打たれたように魅せられたこと。「14歳の少女と15歳の少年」を強調した売り方だったので、「今、見なきゃ」と12歳児を焦《あせ》らせたこと。こうした心情による「さすがに」である。

ドーナッツ盤を買うのも外出もままならなかった12歳が、映画館に行くには、さらなる苦心工夫と嘘を重ねねばならなかったが、詳細は省く。聞かされたところで気分が下がろうし、語る側も下がる。

本物の『純愛日記』はショックだった。

まず、内容がワケがわからなかった。2008年に『スウェーディッシュ・ラブ・ストーリー』と原題にもどしてリバイバル公開された版を見て理由がわかった。アンダーソン監督に恨みでもあったのかとあきれるほど、監督の主張が色濃く出ている部分ばかりを狙ったようにバッサバッサとカットしてあったためである。しかし、もっとショックだったのは□□。

本物の『哀しみのトリスターナ』は、見たのが27歳だったので、内容はおもしろかったのだが、やはり□□がショックだった。

□□は、同じショックである。
よりにもよって、無力な田舎の12歳ががんばって〈更級日記スタイル〉で見たうち、ひときわ旋律を胸に刻んだ二作ともが□□だった。

二作とも□□が原因で、映画を見た後に、後頭部を花瓶で殴られたほどのショックを受けた。□□とは？

「かからなかった！」

のである。苦心して入手したドーナッツ盤を擦り切れるほど聴いた音楽のかかるシーンは、一切なかったのである。

なぜ、なかったか？

私がサントラだと信じていたレコードは、サントラではなかったからだ！

あたかもスウェーデン映画『純愛日記』のサントラであるかのように、あたかもスペイン・イタリア・フランス合作映画『哀しみのトリスターナ』のサントラであるかのように、日本だけで売られていたレコードは、日本人の村井邦彦が作曲したものだったのだ。

ここでいちおうWikipediaから【村井邦彦（むらいくにひこ、1945年3月4日―）は、日本の作曲家、音楽プロデューサー。アルファレコード創立者】。以下Wiki要約で、『エメラルドの伝説』『夜と朝のあいだに』『経験』『翼をください』『虹と雪のバラード』など、多くの大ヒット曲を出し、ユーミンをデビューさせ、YMOのアルバム発売で世界的成功をおさめ、現在は

アン・ソフィ・シリーン
少女マンガから抜け出たよう…
『純愛日記』のキービジュアル
10代のはじけそうなお尻とおみ足がまぶしい!!
も

ＬＡ在住。生れは東京都。画像検索すれば、これは私的感想で、育ちのよさが滲み出る品のある容姿。77歳の現在もすらりとしたシルエットは変わらず。

いたいけな更級中学生（造語）が買ったドーナッツ盤には、《ヘラルド映画配給　哀しみのトリスターナ　メイン・テーマ》と印刷され、《クロード・デュラン楽団》とも入っている。

《松竹映配配給・北欧映画・〈純愛日記〉サウンド・トラック　発売元・日本コロムビア株式会社》とジャケット裏に印刷され、《ベルト・アンデルセン楽団》とも入っている。

うまいのはというか、巧妙なのはというか、カトリーヌ・ドヌーヴ（フランス人）が主演する映画では「クロード」、北欧映画では「アンデルセン」と、いかにもな名前と苗字にしていることだ。

これはもう、更級中学生など、ひとたまりもなくコロリと騙される。

　当時の空気を嗅いだことのない世代には奇妙でしかないであろう。なぜ、こんなレコードが売られていたか？　とりもなおさず、〈映画音楽〉というジャンルが、「すごく」でないにせよ「確実に」売れたということである。繰り返す。映画音楽といえば洋画の音楽であり、洋楽に分類され、洋楽は高級文化視され、人気歌謡曲ほどすごくは売れないにせよ、確実に愛好者がいた時代だったのである。同時に、現在では著作権はじめ様々な点で、とうてい通らないであろう売り方が、通っちゃった時代だったのである。

　サエない更級中学生が、サントラ盤だとご満悦だった『純愛日記』と『哀しみのトリスターナ』は、オリジナル・サウンド・トラックならぬ、これぞオリジナル※に、ジャパニーズだけに向けたトラック、略すならむしろ「オリジャパ」だったのである。

※日本語でいう「オリジナル（独自）」

　しかしなあ、令和の読者諸賢よ。『哀しみのトリスターナ』の盤に針を落としてみたまえ。じじー、とまず針がレコードの溝を滑る音がして、小さく徐々に大きく、リンゴーン、リンゴーンと鐘の音。鐘の音に重なるようにバイオリンの前奏、やがてギターの主旋律。ジャケットはトリスターナを演じるドヌーヴの写真。そりゃ、これが「ああ、トリスターナの悲運のメインテーマだな」って心から信じるよ。

　また『純愛日記』の、《抱くことのすべもくちづけの意味も知らない14才の少女と15才の少年》というキャッチフレーズが印刷されたポスターと同じ写真をジャケットに使ったドーナッツ盤に針を落としてみたまえ。じ、じじー。針が溝を滑り、低くオーボエの前奏。やがてアルトのスキャットが、日光量の少ないストックホルムの空の灰色の雲のように広がれば、そりゃ、これがこの映画の、二人の初キスシーンで流れる音楽なんだ、見たい見たいと、心から願うよ。『純愛日記』については、村井氏の優れた作曲ぶりをアシストするように、配給した松竹も巧かった。「スウェーデン映画」とせず、「北欧映画」にしているのだ。

「それがなにか？」とぴんと来ないのは50歳以下の若者。かつて1970年前後、世の男子は、小学校高学年から爺さんに至るまで、「スウェーデン」という国名に即「ウシシ」と反応したのだ。「フリー・セックスの国」として、「ジェンダーの解放」ではなくて、ひたすら「エッチ」のイメージが、大々的に普及していたのだ（むろん、事実、この時期、スウェーデンはポルノ映画を量産し、ずいぶんクローナを稼いだ）。

配給する松竹は二匹目のドジョウ（＝『小さな恋のメロディ』）を狙いたい。「胸キュンなティーンの初恋」で売りたい。だから、ずたずたにフィルムをカットしたのに、「スウェーデン映画」では困る。そこで「北欧映画」と曖昧にして「珠玉の初恋物語」のイメージで売ろうとした。すると、村井氏も、アンドレセン（スウェーデン人の姓）ではなく、アンデルセン（デンマーク人の姓）を考案（と推察）。巧み。

2008年のリバイバル公開時や、配信やDVDで、初めて『スウェーディッシュ・ラブ・

ストーリー』を見た人が、もし、ベルト・アンデルセン楽団という名の、純日本人・村井邦彦作曲の音楽を聴いたら、こっちをホントに入れてほしかった、と思うのではないか。『哀しみのトリスターナ』だって、ブニュエル監督フェアといったようなイベントで初めてこの映画を見た人が、もし、クロード・デュラン楽団という名の、純日本人・村井邦彦の鐘の音入り音楽を聴いたら、こっちをホントに使ってほしかった、と思うのではないか。

村井氏のオリジャパは実に名曲なのである（検索すれば聴ける）。

しかし。氏の来歴と、更級中学生の蒙昧《もうまい》を、ここで今一度、見比べてください。かぼそい溜め息を吐《は》く人が、定めしいるはずである。少なくなく。

村井氏は、小学校から暁星学園で、暁星高校在学中に六本木の「キャンティ」で、川添浩史と知り合っているんであるね。都会育ち中の都会育ちなんであるね。

こういう人のオリジャパを、情報弱者な更級中学生が「映画からの本当の音楽」だと信じていたってことは、これって、「都会の男に騙されちゃった田舎娘の図」ではないか？

「いけね、小銭がないや。メンゴ、ここ出しといてくれる？」「は、はい（汗）」と、コーヒー代をなけなしのサイフの中から出す娘（演ずるならジュリエッタ・マシーナ）。

高校生時分から六本木のキャンティに出入りしているような都会の洒脱な男に、平和堂（滋賀県のスーパー）にふらりと行く自由もなく、当然、京都河原町の映画館に行く自由もなく、人糞肥やしのにおい漂う一室で、苦心と嘘を重ねて入手した『純愛日記』や『哀しみのトリスターナ』を、本編から聞こえてくるのだと信じ、擦り切れるまで聴いてたんだよ。

私と同じとは言わずとも、似たような環境で、似たように信じていた昭和40年代の中坊は少なくなかったと想う。

当時は、都会と田舎では自由さ（選択肢）がまるで違った。自由さが違うということは、その人が伸ばせる才能、摑めるチャンスにも差が出た。元・昭和の田舎中坊は、名曲であることは手放しで認めつつ、オリジャパの楽屋裏を知ると、かぼそい溜め息を吐かないか？

いや、都会もんに騙されていたのかという怒りではないんだよ。「なんだ、そうだったのか」という、自分への「あな、あどなし」感4割と、そして6割の「それでも騙されていた時間、あたいは幸せだったよ」という郷愁の幸福感からの溜め息さ。

だってね、『純愛日記』のアン・ソフィ・シリーンの、ポスターの、二人が向かい合う大きな写真ではなく、小さな一枚……。逆光で、髪とおでこのふちがぼやけている一枚。北欧の弱い陽差しのように微笑する一枚。

本編の映像を見れば、シリーンの顔だちは、監督がこの映画のテーマ（生活の中にある様々な愛情）に合わせて選んできた、ストックホルムのティーンとして、いわゆる「ごくふつうの女の子」的な顔であることがわかるのだが、この一枚だけは、聖画のようで、キャッチフレーズのとおり《声をあげて泣きそうな》気持ちになった。それはそれは美しい写真であった。この一枚とオリジャパで、あたいは本当に幸せだったんだよ……。

✦ヒメノ式追伸

アン・ソフィ・シリーンは日本でよく知られた女優ではないので、デビュー作に絞って私が画像検索して、もんでんあきこさんにURLをお伝えしようとした。ところが、小6春休みの私が、『フランダースの犬』の主人公の男の子のごとく魅入られた、聖画のようなワンショットが、ウェブ上に見当たらないではないか。額にタテ線が何本も入った。

日本初公開時のポスターに使われ、映画館のウィンドウに飾る用のスチール写真にもなっていたショットなのに、あの美しいショットが、スウェーデンのサイトにもないのである。

どういうこと？　わなわなと私は推理した。この映画を輸入した松竹は、なんとしてでも『小さな恋のメロディ』にあやかった売り方をしたかった、ということなのだろう。

ここで、14章の『なるほど！ザ・ワールド』の「だれが美人だと思いますかコーナー」について、いまいちどページを戻してくだされ。

日本側としては、《14歳の少女がほほえんでいるところ》を、《この映画のイメージ》として観客動員させたかった。『小さな恋メロ』の、メロディちゃんのように、ほほえんでいる、いる、いるアン・ソフィを、この、日常を淡々と撮り続けたようなシーンばかりの映画から、必死で、探した――のだろう。

私も必死で頼んだ。映画館の人に。『純愛日記』を見に行った時に。

「どうか、どうか、ウィンドウに飾ってある、あの写真をください」と頼む私に、「そうか、よしよし、上映期間が終わったらあげましょう」と映画館の人は言って下さった（謝涙）。それを今でも大切に持っているのだが、滋賀県の倉庫にあって、取りに帰っていては本書校了に間に合わない。憐れんだ担当編集者が公開時のポスターをオークションで入手。その貴重なる、聖なるワンショットを、次ページにて日本の皆様に！

『純愛日記』1971年日本公開時ポスターより
松竹映配提供

18 きれい・好き・うらやむ・なりたい、四種の顔

幼児のころから自分の顔を嫌ってきた。美容整形手術という方法の存在を知ったのが何歳であったのかはっきりしないが、小学校の前半だったはずで、ずっと今日まで、毎日毎日欠かさず、したいと思い、病院を探してしまう。ふみきれないのは、とりもなおさず、早くから自分の顔を嫌うようになった理由と同じである。自分のケースにかぎって、医師から「希有な失敗例になってしまいました」と謝罪される結果になる気がしてならないのである。

人と待ち合わせをして相手が10分ほど遅れたら、すぐ耳に聞こえてくる。その人が駅ホームから転落して、そこに入ってきた特急列車に足や腕を切断されてしまった悲鳴が。日常での未来（これからのこと）を予想するさい、よいことは想像できない性質《たち》である。悪い事態だけが、こと細かに、まるですでにおきているかのように想像される。生前の野坂昭如さんに（座談会で）打ち明けたところ「そりゃ、あなた、どうかしてますよ」とあきれられたくらい。

Amazonが本を売っており、この会社で本を買った人が感想を投稿している。「どれどれ」と見る著者もいるのかもしれないが、私はぜったいに見ない。非難轟々《ごうごう》、拒絶、軽蔑、嫌悪の感

想がずらずら並んだ画面が眼前に浮かんできて、見ていないのにショックを受けて、寝込んでしまいそうになるのである。

なのに、たまに横着になってAmazonの、自著の画面を見ることがある。原稿を書いている最中に、何年の刊行だったかを、どこかに記さないとならなかったり、何年に刊行したかがわかれば、その時、書いている話で知りたい年時がすぐ推定できるような場合がある。と、椅子から立って、自分の本を本棚から取り出す手間を横着に省こうとし（椅子から立ち上がると、そのたび軽い立ちくらみがおこるため）、チャッと手元でAmazon画面で調べようとする。と、そういう時にかぎって、《最悪だった》とかいうような文字が目に入るのである。犬嫌いの人が、だれかの家を通りすぎようとして、門のそばに犬がいるのを見つけてしまい、びくびくして通りかかると、日ごろはおとなしい犬なのに、その時にかぎって激しく吠えるのに似ている。Amazonの投稿も、もしかしたら《郵便受けに入れてと頼んだのにドア前に置かれていて雨に濡れていて最悪だった》という一部の《最悪だった》かもしれないのに、悪口や否定的意見はすべて自分に向けられている、と想像できてしまうのである。

ましてやAmazonレビューに限定しないエゴサーチなど、とんでもない。悪口しか書かれていない、としか想像できない。必要あって人物検索をすることがあるが、職業も住所も自分とは無関係の他人が無遠慮に非難されていても、非難の語句は自分に向けられているような錯覚がおきる。

こうした思考と行動は、庭訓《ていきん》のたまものである。

父親と母親は、離婚したいが（そもそも結婚したくなかったが）離婚という行為が悪行だとされた時代に（既婚が一種の社会人IDだった時代に）入籍したため、悪行者だとされたくなくて離婚しない（父親については無給の女中を家に置いておきたい気もあり）夫婦であった。田舎町であったので家屋は広く、大きな家屋の、端と端の部屋に自室を持っていた。父親は父親流の方向性とテイストで、母親は母親流のそれで、それぞれ独自のネガティブシンキングで、子の教育をおこなった。ほんの一例で……、女に論理的な人間はいない、だから家から火事を出す事態になる（父親）、ハナタケ（母親の想像上の、鼻の内部に生える毒茸）が生えかけているわ、あなたの鼻はそのうち腐ってくる（母親）、などという独創的な庭訓であった。結果、ハーフの人に美男美女が多いように、雑種に丈夫な犬が多いように、私は流れの異なるネガティブシンキングを豪華絢爛にミックスさせたネガティブシンカーに成長した。

両親は他人の顔（自分の子の顔も含む）に対する悪口を、「おはよう」「おやすみ」よりはるかに頻繁に子の耳に注いだ。子は年齢が小さく、コモンセンスな情報量が少なかったので、自分の顔や体つきはぶさいくなのだと、心から信じて育ち、このぶさいくなルックスをどうにかしないとならないと思い、思うが、美容整形手術を受けると、自分にかぎって、まさかというような失敗を執刀医はするにちがいないという恐怖におびえるわけである。

なぜこんな話をし始めたか？

『こうしたこと（自分の顔を忌み嫌ったり、美容整形について調べまくったり）とは、生れてずっと無縁だったんだろうなというような雰囲気の顔』の持ち主に、私は喉をかきむしるほど憧れ、それはこういうような顔ですよという話を、今回はするためである。

「自分の顔を気に入らなかったり、美容整形しようかと考えたりしたことのない人など、いないだろう」と多くの人は思うであろう。「だれだって、自分のルックスについては気に入らないところが多々あるよ」と。

そのとおりである。「おれって（わたしって）なんてイイ顔なんだ、スタイルも文句がない」と満足しきっている人などいまい。各自、自分について気に入らない点と、折り合いをつけて、日々を暮らしてき、暮らしていくのであろう。

気に入らない度合い、折り合いのつけかたの巧拙に、激しい差があるのだ。私のような度合いと拙度の人も世の中にはいるはずで（これを【A】集合とする）、一方、ガチョウの羽根のように軽い度合いと拙度の人もちゃんといる（【B】集合とする）。

世の中の人全員の内実を克明調査することはできない。実際には、ものすごく強くて拙《へ》たなのかもしれないが、軽くて巧みだったのだろうと（私には）見える顔というのがある。

それは、世間的に美人だとか美男だとか評されている人の顔乃至《ないし》そのように評されている人に似た顔ではない。

極端な例がエリザベス・テイラー（リズ）だ。世界一の美人、と言われた女優だ。〈クレオパトラ〉で検索せず、〈Courage of Lassie（名犬ラッシー）〉〈花嫁の父〉で検索していただきたいのであるが、少女のころから大人の顔であるほど、完成された顔をしており、正面はもちろん、横顔、斜め横、俯き、仰向き、どの角度から撮った画像でも、すばらしく整った造作の顔である。だが、だからこそ本人はルックスについての自意識からフリーになれなかったのではないか。「きれいだ（整人だ）」と感心する顔と、「好き」だと思う顔と、こういう顔に「なりたい」と思う顔の三種に加えて、もう一つ「うらやましい」と思う顔がある。それが【B】集合なわけである。

好きだとか、なりたいだとか、うらやましいだとか思うのは、あくまでも自分なので、その人物の事実を、たとえ伝記記者が濃《こま》やかに伝えてくれようとも、あるいは、その人物本人が滔々と語ってくれようとも、そんなことは措いて、私の目にそう「見える」四種があるのである。

リズや、それにエレノア・パーカー、のん、島田陽子、大槻ケンヂ、ダリア・ピロディド（柔道）など整人は枚挙に遑《いとま》がないし、好きな顔にいたっては、『サウンド・オブ・ミュージック』の次女（注意・三女じゃないよ。三女はどちらかというと嫌いな顔）、ハイデ・ローゼンダール（陸上）、ナスターシャ・キンスキー、浜美枝、ケビン（YouTuber）、坂口健太郎、市川実日子、菅原小春など、いっぱいいい過ぎて挙げ切れない。

一般的に人は、自分が「好き」な顔に「なりたい」と願う。この感情に私も異論はないのであるが、今回は【A】と【B】の対比をテーマにしたいので、対比が顕著に出せる例としての

「うらやましい」顔と「なりたい」顔について絞る。

「うらやましい」顔は、ヨーコ・オノ（アーティスト）、ヤマザキマリ（漫画家）、鳥居みゆき（コメディアン）、清水ミチコ（ものまねタレント）。この四人に限らないのだが、今ぱっと出たのが運のつきで、代表になってもらう。

「うらやましい」という感情は、家が金持ちだとか、人気者と結婚しただとか、売れてる、有名、優秀な大学卒、等々の状況と、そこに本人のルックスが「あいまって」わくケースがほとんどである。この感情を私にわかせる人など、世の中に数多《あまた》いる。一億人は超えるであろう。

代表役四人は、その「あいま」る度合いがみごとというか、状況とルックスが「あいま」った化学変化的なものが「すごい！」と（私に）映る例である。

代表四人は表現者であるから、メディアに公表されているプロフィールを認識しているし、作品やメディアに出演しているところを見たこともある。が、ＨＰやＳＮＳでの発言は知らない（＝追いかけて情報を収集しているレベルの知悉度ではない）。

にもかかわらず、この四人（など）を、目にすると、楽に死ねる方法（楽な自殺方法）は何だろうかと検索し始める。なぜ、これほど強くうらやましさを感じるのか？

長きにわたり、理由が自分でもまとめられなかった。令和五年元旦、なんとかまとめられそうなので明かすことにした。彼女たちの顔は、「まず他人からからかわれない顔」だからである。

「決して」という「絶対」は現実にはないから、「まず」という副詞を用いる。

幼稚園や小学校や中学校や高校には、感情をむきだしにできてしまう人間というものが存在する。こういう人のいる場所において、四人「のような顔」をしていれば、たとえ悪口を言われたり、反感を抱かれたりすることはあっても、まず、からかわれないですむ……ように（私の目に）映るのである。容易に目をつけやすい、指摘しやすい、造作におけるかたちが顔面上に存在しない顔が、彼女たちのような顔なのだ。「アッ、鼻の穴が上向いてる」とか「アッ、目が垂れてる」とか「アッ、歯が出てる」とか、すぐに目がつくかたちは、即座に「やーい、やーい、××」と攻撃できる把手となる。むろん、こうしたかたちは、（市川実日子、小松菜奈、ジュリーなどに見られるように）きれいさというより美しさ＝魅惑と表裏一体であるのだが、魅惑になりえるには、攻撃で傷ができたならすぐにバンドエイドを貼ってくれる大人

（親だとか先生だとか姉だとか文具屋のおばちゃんだとか羊飼いとか）が傍にいてこそである。だが、そんなバンドエイドを貼ってくれる大人は、たいていの場合、いない。大人になると子供期ならではの状態と心理をコロリと忘れる人が圧倒的に多いからだ。

人格が形成される時期に、学校という長時間いなければならない場所で、からかわれる、それも、ルックスについてからかわれる目に遭わないですむ、あるいは、そうした目に遭ってもバンドエイドを貼る大人を近くに持つ幼児期であれば、後年に、自分に対して悪口を言ってくる他者、反感を抱く他者を、ガチョウの羽根が中空を舞うように躱《かわ》せる。高校卒業後には（成人後には）、自分に対して悪意を抱く人間のみならず、なんらかのトラブルや災難に遭遇しても、乗り越えていける、いや、乗り越えてやるぞ、乗り越えねば、という気力、すなわちポジティブシンキングを身につけられる。そして、そのことでまた周囲が、その人に対して納得し、惹かれる。

代表の4顔面は、この気力、ポジ力を身につけられた「ように（私には）映る顔」なのである。からかわれない顔の造作であったことに、本人の現実の状況が「あいまって」、ヨーコ・オノは「ビートルズを解散させた有色の日本人女」というイギリス人からの強い悪口にも立ち向かえ、たんにレノンの奥様という立場を超えてきた。

からかわれない顔の造作であったことに、本人の現実の状況が「あいまって」、鳥居みゆきは「美人なのにあんな芸をする」と女性たちを瞠目させる。

からかわれない顔の造作であったことに、本人の現実の状況が「あいまって」、ヤマザキマリは優れた作品を発表している。

からかわれない顔の造作であったことに、本人の現実の状況が「あいまって」、清水ミチコはものまねとピアノ芸に秀でている。

世が認めている彼女たちの「結果」は、みな、彼女たちの「からかわれない顔だち」に起因し、2要因が「あいまって」良質の化学変化を、さらに顔面にもたらしていると（私の目には）映り、「うらやましい」顔だと言うのである。

清水ミチコさんやヤマザキマリさんの現実の生い立ちは、現実なのにまるでリカちゃん人形の設定（ママはデザイナー、パパのピエールはフランス人指揮者）のような、少女漫画（子供に友達的に接する自由奔放なパパ or ママに、やれやれとあきれながら一人旅に出た主人公が、旅先で人形遣い大道芸人のおじいさんに親切にされて、世界的なコンテストで優勝するみたいな系）のようである。架空のようである。ないのに現実なのである。このような生い立ちで、もし、（私が好きであるところの）石原さとみのような顔であったら、男女双方の支持はここまで集められなかったのではないかと思う。

「うらやましい顔」とは、こういう意味である。その上で、現実のヨーコさんやマリさんやミチコさんが、ご自身の現実の幼児・少女時代を語っているのをTVラジオで聞いたりすると、もはや、あまりの自分の家との差に、こういう家で育った人たちだけが表現者でいるべきで、自分などは小屋（どこの？）の隅で息をひそめているのが世のため人のためになるのではないかと、冗談ではなく、一日中、泣いてしまう。あまりにも輝く光を前にすると、豪華絢爛なネガティブシンキングが、「わははは、このクズ」と自分を指さして嘲笑してくる幻影を見る人は、読者にもいるだろう？

GNT（gorgeous negative thinking）が嗤《わら》い始めると、「うらやましい顔」の人に限らず、「好き」な顔の、たとえば、ケビンがにこにこと細い目で笑っているのをYouTubeで見ていると、「いいなあ、こういう目」と、こちらもにこにこしてしまうのであるが、すぐに「おまえのようなぶさいくな顔をした者が好きだと思うなど、分不相応なのさ」という声が、天井から聞こえてくるのである。そのため、「好き」だと思う顔の人を見ても、できるだけ「好き」だと思わないようにしてしまう。

庭訓のたまもののGNTが、滋賀県名産小鮎のようにぴちぴちと跳ねて活力を増すと、原稿を書こうとして、PCモニターの画面に一文字書く、と、そこにチョロと水がかかる。犬を散歩させている公共心の薄い飼い主が、自分の犬が他人宅の門柱へおしっこすると、空きペットボトルにつめた水をいいかげんにチョロとかけるよね。ああいうナサケナイ勢いの水が、文字にかかる。犬のおしっこのアンモニアは強いが、私のポジ力は金魚すくいの紙くらい弱いので、書いた一文字はチョロ水でもすぐ消える。気を取り直し、また書く、と、チョロ。また書く、チョロ。画面は白いままで、「いかんいかん、音楽でも聞こう」とラジオをつけると、そういう時にかぎって、ジョン・レノンの曲が流れてきて、ヨーコ・オノの「うらやましい顔」

が浮かび、また謎の小屋に隠れていたくなるという循環に陥る。

そこでだ。GNT発作救済策として、バーチャルな世界に行くのである。そこでちがう顔になって、自分はその顔であることで形成された人柄なのだと思い込ませる。いわば自分で設計したロボットが、元気に原稿を書くわけである。そのために見るのが「なりたい顔」だ。どんな顔か？

『アリスの恋』出演時のジョディ・フォスター（次ページ画像参照）と現在の栗原はるみ（料理家）の顔。

「トゥーソンはヘンなとこだが、おまえはもっとヘンな奴だな」と、アリスの息子に言うオードリー（役名）を演っていたジョディ・フォスターの顔こそが、「こうであったら！」と願う顔。

「この顔になりたい。サマンサ[※]、この顔にして！」と頼む顔である。

※サマンサ＝奥さまは魔女

『ダウンタウン物語』の宣伝で14歳で来日した時、記者からの「大人びていますね」という感想に、「映画の中ではどぎついメイクをしていたから、そう見えるだけです」と答えた、現実のフォスターさんもむろん好きであるが、「なりたい顔」という話においては、現実のフォスターさんの人柄や活躍とは切り離して、「顔の造作」だけを見ている。だから「なりたい」のは、ぎりぎり『白い家の少女』までで、私のバーチャルでは、オードリー（役名）は成長すると栗原はるみの顔（の造作）になるのである。自分のことは棚に上げて、という言い方があるが、自分の外見は鏡にカバーをかけて、バーチャルの中で元気になって原稿書きに精を出す、と。この方法なら手術大失敗になりません。

1975年日本公開
『アリスの恋』出演時のジョディ・フォスター
DVD 2015年 ワーナー・ブラザース・ホームエンターテイメント

19

『無法松の一生』は阪妻版で

エッフェル塔を知っている日本人はとても多いだろうが、じっさいに見たことはない人、もとても多いだろう。『無法松の一生』も同じだな。

この題の映画があることは、とても有名だが、令和5年現在、じっさいに見た人の数となると……（ましてや原作小説を読んだことのある人などは……）。

私も見たのは還暦になってからであった。だから、大泣きした。びえーん、と文字どおり泣いた。

嫌われるのを承知で告白するが『砂の器』『ライフ・イズ・ビューティフル』『ある愛の詩』には一滴も涙は出なかった（勿論、泣けない＝駄作、ではない）。

さればこそ想像する。第一次オイルショック（＝高度経済成長期終焉）以降に還暦前であったところの、『無法松の一生』を見た人は、「へえ、なるほど」ていどの感想ではなかったかと。

還暦とはよく言ったもので、（脳と密接に係わる）精神を含めた人体は、還暦から如実に衰える。

医療技術が進んでいなかった時代は当然、現在でさえ、還暦以降は、同級生名簿に物故者がぐっと増える。ゆえに、ヒトが六十歳を健康に迎えられたなら、実に幸運であると赤いチャンチャンコを着て人生の再スタートを祝ったわけである。とどのつまり還暦を過ぎれば、死が、玄関先のスリッパのように、セブンイレブンのように、日常になるということなのである。「このかんしょくの無い年齢」にあることを、ずいぶん広く〈未老〉と造語で呼ぶなら、未老時に『無法松の一生』と『麦秋』を見たとしても（2作品は訴えてくるものが異なるのであるが）、ピンとこないどころか、退屈なのではないか。未老の観客は、総じて映画にはすじを求めるものだから。

して、『無法松の一生』という映画のすじといえばこうだ。

《九州の、あるところに、富島松五郎という俥引《くるまひ》きが住んでいました。親族はいませんでした。ふとしたことで知り合った吉岡陸軍大尉一家と懇意になり、大尉の病死後は、遺族に親切に接して一生を終えました。おわり》

過剰に単純化したのではない。本当に右記のとおりのすじなのである。布石も打たれていなければ、予想外の展開もなく、憎たらしい敵役も、婀娜《あだ》な女も、うまそうな食べ物も出て来ず、風光明媚なロケも、派手なドンパチもゼロ。

「名作の誉れ高い」との前知識で鑑賞に臨んだ、鑑賞時に未老だったオイルショック以降の映画マニアは、マニアだからして「俥を引いて走る松五郎に、その一生を象徴させた宮川一夫の高度な撮影技術がすばらしい」といったようなことも前知識で得ており、「へえ、これがねえ」

と思って映画を見終わった（人が多かった）のではなかろうか。

オイルショック以前でさえ、太宰治は35歳の時に見て、《たいへんつまらなかった。どこがいいのか、さっぱりわからなかった》そうだ。《芸術的という努力》がつまらなかったそうだ。でもまあ、もし彼が長生きしたとして、還暦過ぎて見直しても、感想にあまり変化はないかも。一度付着してしまった印象を、人はなかなか拭《ぬぐ》えるものではないからサ。

とはいえ、年齢が大きく情感を変化させることもよくあって、加齢でトクすることなどさしてない人の世において、「ああ、子供のころはうまいと思わなかった慈姑※が、こんなにうまいものだったとは！」と頬ばったり、「ああ、ドリフを見てたころは笑ってだけいたが、由紀さおりって、なんちゅう色っぽい美人だったのだ」と内股がぶるっとなったりするのは、貴重な「加齢によるおトクな体験」である。

※84歳のちばてつや先生は、慈姑嫌い現役続行中だけど……。

『無法松の一生』は、過去に4回、映画化されている。

戦中の1943＝阪妻《阪東妻三郎》、戦後の1958＝三船敏郎、’63＝三國連太郎、’65＝勝新太郎、が主演する4本だ。

三國版が見られていないままのランキングだから不公正ではあるが、No.1は迷うことなく阪妻版。圧倒的に阪妻版。

美しいのである。新美南吉『ごんぎつね』、遠藤周作『わたしが・棄てた・女』、フェリーニ

『道』等と同質の美しいもの、まごころ、とでもアナクロなことばを選べばいいか、そうしたものが、ただ撮られている。

その美しいものは、オイルショック前の日本でなら、さらに山東出兵前の日本でなら、たしかに、今よりはもうすこし、日常の中で、めぐりあったり、ひとときだけでも接したり、したような気がするものであり、それがただ撮られているだけだから、自分の記憶やさわった手のすきまから、はらはらとこぼれ、失くしてしまいそうに脆く、脆いゆえに、さらに美しく胸に迫り、涙がにじむのである。画面に「チョキン」がアップになると、その筆跡に、涙が堰を切ったようにあふれる。

映画3版ともを見た後で読んだ岩下俊作の原作には、過去と現在を往復する箇所がすこしあり、それによって吉岡の坊《ぼ》んの心情と、さらには松五郎の心情が、映画より詳しく述べられているものの、3版ともほぼ忠実に原作を映像化している（未鑑賞の三國版は不明）。が、原作だけには3版のどの映画にもない「チョキン」のシーン※の直後の描写がある。吉岡夫人が人目も憚らず、がばと伏して大泣きするのである。ごく短い、ほんの1行（20字）ほどであるが、映画で泣いた自分の涙を拭いてもらえた心地にもなり、またさらに美しさを感じもした。

※「チョキン」のシーン＝未鑑賞・未読の方のために詳しく言えない。すまぬ。

阪妻版の良さは、なんといってもなんといっても、まず吉岡夫人（良子）役の園井恵子に負う。

阪東妻三郎
阪妻〜!!
エロイイ〜!!
無法松の一生
園井恵子
可憐…
子役の長門裕之は
長門裕之すぎた

次に阪妻が（俥をじっさいに引き、俥引きの挙措を何日間も観察したというだけあって）俥引きに見えること。この点においては、三國が4人の中では、いちばん「そう見えない」顔をしている。私を含め、この日本のフェルナンド・レイのファンが、映画好きには大勢いるだろう？　我々にとって三國の魅力は、三國が、ハードな人生（代表主演作『飢餓海峡』を地でゆくような）を、えげつなくも利発に逞しく歩んできたあぶらぎった屈折が、端正な造作の裏から表にあぶり出されているところであり、ようは、暗い複雑な顔なのである。三國版を未鑑賞ながら、たぶん見ても、「明るく一本気な俥引きには見えない」という感想に終わるような気がする……。

　そこへいくと、勝新は、そういう俥引きに見える。やんちゃな俥引きというか。『無法松の一生』というタイトルには、実は最もフィットしている

かもしれない。

しかし、だ。原作の岩下俊作は死ぬまでこの『無法松の一生』という映画タイトルを嫌っていた。ましてや自分の小説『富島松五郎伝』まで「映画に合わせて改題してくれ、そのほうが売れるから、そしたら出版するから」と説得されたのであろう、改題した（改題させられた？）のは、死んだ後も厭であろう。

また、阪妻・三船ともの脚本を担当した伊丹万作も、映画化でのタイトルを『いい奴』と、戦前の企画段階時にはしており、これは原作を読んでのことであったと思われる。「チみぃ、『いい奴』じゃあアタらんだろう、もチっと客呼べるようなのに変えてくれたまえヨ」とかなんとか映画会社のお偉いさんに頼まれて（想像）、『無法松の一生』にしたのだった。

富島松五郎は、母親に早く死なれ、継母に〝シンデレラ〟か〝にんじん〟かってくらいに冷遇されて育ち、無法松と仇名されるような飲む打つの時期もあったのに、気っぷのよい男であった、それがふとしたことで吉岡一家と懇意になった、という設定なのである。〈無法松と呼ばれた男の一生〉ではないのである。岩下俊作が厭がったのはココだったと思う。ただの、あるところにいた富島松五郎という男の、矜持の物語なのである。

松五郎の、夫人への敬慕にだけ目を向ける観客が多いが、吉岡少年という、自分とは真逆の、（彼の目にはきわめて）優秀な男への手の届かなさと親愛のあいまった陰画《ネガ》の児童文学でもあるのである。

映画という表現物は舞台演劇とちがい、出演者の、演技を超えた、演技では補いきれない「顔」、いや、このさい「顔の造作」「たんなる目鼻の形」と言い切ってしまおう。これがきわめて重要な要素になる。

岩下俊作の原作ないし伊丹万作の脚本のモチーフは、阪妻の顔に合っているうえ、さらに彼が俥引きを観察し、俥を引いて体でおぼえた挙措で演技をしているので……、さあここで前ページにもどっていただきたい。阪妻版を傑作にしている最大の理由である、吉岡夫人役の園井恵子に。

園井恵子の顔！　あの佇まい！　阪妻の顔（と佇まい）＋園井恵子の顔（と佇まい）でもって、観客にひしひしと伝わってくるのだ。松五郎の、吉岡夫人に対する、「神聖にしてふれるべからず」と、まっさらな心でもって決めて、憧れつづけたけなげな哀しさが。

検閲前のフィルムには、松五郎が夫人に告白するシーンがあり、不埒であると当局からカットを命じられたという。どのような雰囲気のシーンであったかは、同じ伊丹の脚本で戦後に撮り直した三船版を見たところで、それは三船×高峰なので、わからない。撮影者も異なる。

そして、三船版を（あくまでも私の趣味では）買えない最大の理由は、この告白シーンである（ほかのシーンもあまり買えないが）。

なにも私がこんなところで今さら言うまでもなく、三船は、外見も雰囲気も、魅力的な俳優である。しかし、三船の顔は、どうしても「さあ、いつのことでしたでしょう。あるところに俥引きがおりました」に見えないのである。「天文十二年、春まだ浅き小倉港の朝であった」などとハッキリしている顔というか、「たのもう！」と吉岡大尉の先祖宅の門で大声を出しそうというか、主張する武士の顔なのである。

だから『無法松の一生』を不出来になぞったような大映の『馬喰一代』では、取り扱うものが俥ではなく馬であることで、職業としてはフィットしていたものの、木村恵吾監督の、大衆を困らせないわかりやすい演出には、顔が立派過ぎで、さらに共演が京マチ子となると、マックフライポテトに、挽きたてのハワイコナコーヒーを無駄に高級に合わせたようで、ちぐはぐだった。

三船版で吉岡夫人を演るデコちゃん《高峰秀子》も、日本映画史上に特筆の名優である。私は子役時代の'31『東京の合唱《コーラス》』から好きである。本書発行元集英社の近くの「キッチンカロリー」という洋食屋に行くのも、デコちゃんが出たこの映画に「カロリー軒」という洋食屋が出てくるからだし、アイドル時代の『綴方教室』、芳紀時代の『秀子の車掌さん』といった映画はもちろん、持ち前の聡明さで、子役から成人俳優への脱皮をさくさく遂げた後の作品でも、三船同様、何も私が今さら言うまでもなく、とても良く、大谷崎原作の、何度も映画化されている『細雪』は、'50新東宝・阿部豊監督による、デコちゃんのこいさん（末娘）が突出して良い。

であるのだが、デコちゃんは吉岡夫人には、フィットしていなかった。顔がフィットしていなくても、この才長けた女優さんには、まわってきた役を自分の雰囲気に合わせてしまう力量があり、吉岡夫人も、才長けた謙虚と努力で、「前作とはちがう吉岡夫人にしよう」と思ったのではあるまいか。軍国主義の時代に公開された映画とはちがう、日本の経済成長が軌道にのった昭和33年に公開される映画。「ようし、大日本帝国陸軍大尉の妻ではなく、ちゃんと生身の女性である夫人をワタシは演るわ」と、「前作が公開された検閲の時代」への決別として演じようとしたのではあるまいか。

デコちゃんのがんばりは鼻につくものではなかった。ゆえに数行前に〈謙虚と努力〉と形容したのであるが、だが残念なことに、このがんばりの結果は、作品の根幹を邪魔してしまった。さらに三船の立派な顔が「ふと、あるところにいた人」に見えないため、’58版は、ダブルでこのシーンを興ざめにしている。

松五郎の好意を察して、デコちゃんの吉岡夫人は、ハッと自らの両手を上半身にまきつけるように交差させる。この一瞬の挙措が、吉岡夫人を一気につまらなくしてしまう。吉岡良子は、こげん人じゃなか。

原作でのこのシーンは、松五郎が前後不覚に泥酔して、吉岡宅を訪ね、ひとことだけ言おうとして言えず、夫人の手をとるが、それでも言えず、すぐに吉岡宅を出る。一人残った家の中で夫人はどうしたかというと……この箇所だけを原作のママに引用するとニュアンスを伝えづらいので意訳するのであるが……、ひたすらびっくりしているのである。彼女は、こげん人ばい。

すみません。私の小倉方言はへんですよね?

阪妻版には、松五郎が飲み屋のおやじから、美人画の酒のポスターをもらって帰るシーンがある。美人画というストレートなヴィジュアルに夫人を重ねるわけで、せつないシーンではあるのだが、かわいいシーンでもある。彼の彼女への感動のスタートは、「わぁ、きれいちゃー」という、ごくごくすなおなものであり、この時代に下層とされた生業の者の、卑下というのではなく、観客のほうが心洗われるような、清い謙遜が、彼をして彼女を神聖視させるのである。そんな彼に、観客は（おそらく戦後の教育を受け、戦後の日本で暮らしてきた世代の観客のほうが）、胸打たれるのである。

だから！　園井恵子なのだ。あの顔なのだ。二次元の絵（松田富喬《とみたか》？　北野恒富《つねとみ》？）に重なって、まったく違和感のない顔。良子の顔は、既述のとおり三船版のデコちゃんではないし、勝新版のネコちゃん（有馬稲子）でもなく、三國版の淡島千景でもない。ネコちゃんや千景のような、昭和40年以前の少女漫画の主人公に重なるような顔立ちでもない。この二人は、大きな瞳の夢みるお嬢さん顔である。白い襟のついた、ちょうちん袖の、ウエストにベルベットのベルトをするようなワンピースが似合う顔である。

良子は着物が似合わないといけない。園井の佇まいはとても似合う。このさい四捨五入して乱暴に形容するなら、「まさに品のある顔」をしている。

上品だとか、高貴だとか、たびたび評された女優といえば、なんといっても高峰三枝子（フルムーン）だ。東山千栄子もなかなかのものであった（原節子にも、ヤングな人はよくこの形容詞をつけるが、「派手（豪華）な顔」のほうが的確ではないか？）。

だが、「深窓の令嬢」「女王」「ご令室」といった、庶民ではない雰囲気のある上品な美人には、どうしても「権高なかんじがする」という感想もつきものである。

園井の顔や佇まいにはそれがない。フィルムの中でうごいてしゃべると、春の陽差しのような温かさがある。これは希有なことで、「この役のために生まれてきたような人」と稲垣監督が言ったというのもしかり。

そして、彼女の出演作の少なさと、彼女の現実の人生での悲運※を知ると、二重の意味で、このコメントの通りであると胸がつまる。

※吉岡夫人役が大好評で、園井には大映から専属契約依頼が来たが、舞台での演劇に情熱のあった彼女は断り、移動劇団に参加。広島滞在中に原子爆弾が投下された。表面的には無傷で、一時期は助かったと母親に手紙で知らせたのであるが、大量の放射線は彼女を十五日後に死に至らしめた。

しかし私は、園井の悲運について知らなかった。タカラヅカ出身であることさえ知らなかった。3版を見た後に初めて知ったのである。映画を見ての涙とは無関係である。

阪妻版『無法松の一生』は、いや、岩下俊作がはじめに題した『富島松五郎伝』と、私も題したい物語の映画は、ふとどこかに生まれて死んだ主人公の、天恵の貴さを、ただ短く追っただけにすぎない、だが、日本映画の宝である。

20 好きな映画を聞かれたら？

「いちばん好きな映画って何？」とか「心に残ってる俳優ってだれ？」とか。

こうした質問を、したりされたりすることは、社会人の会話には、実はそんなにない。中高生の休み時間にさえ。あるとしたら大学の文系サークルの飲み会くらい。あるいはいっそ幼稚園小学校の帰り道で、好きなアニメやＴＶはなあにというような会話か。

映画や文芸だのに興味のある人数そのものが僅少なことが最たる理由だが、この事実を措いても、（中高生からしだいに）社会人ともなれば、人々は趣味嗜好を極力表に出さないようにする。予防線を張る。

そこで、Twitterやフェイスブック、アメーバやはてなのブログで、ゴミ出しや子供の送り迎えやジムのロッカーでは抑えに抑えていた自分の趣味嗜好を、うってかわって大放出する人がけっこういる。

ここで気づいた。モテない人（非モテ）とモテる人（モテ）の差とは、まだセックスしていない相手にも、ネットで発言する勢いで自分の嗜好を大放出してしまう（非モテ）か、ゴミ出しやジムのロッカーでよりはちょっぴり多めに放出する（モテ）かの差かもしれない。

とくに女性は、初デートで相手からの「ねえ、これまで見た中で、きみの心に残る映画って何?」という質問に、何本も映画を挙げて、それらについて細かくしゃべったりすると、せっかく〈新垣結衣似の外見〉でも、この行為で一気に〈新垣結衣似になるよう厚いメイクをした外見〉に評価ダウンされる。

たんに好きな映画を挙げるだけのことなのだが、日常に潜む落とし穴だ。こうした行為は、男性に性欲を芽生えさせなくする（と想像する）。友情は芽生えるかもしれない。うむ失敬した。まだヤングの殿方向きに、「性欲」の部分を「恋心」と換言する。

男性が同じ行為をしても、相手の女性には（内容は右から左に聞き流されつつも）、マァ物知りなのねと感心される方向に進み、「感心」は女性の性欲を芽生えさせたりする。またも失敬。まだヤングのご婦人向きに、「〝この人とならおつきあいしてもよいかしら〟という気持ちを芽生えさせたりする」と換言する。

かようなしだいで大人の日常生活では、心に残る映画は何かというような話題になることは、まずない。ないが、まったくなくもなく、まれに、この話題になると、私はつい、『鉄道員（ジェルミ）』『道（フェリーニ）』『マイライフ・アズ・ア・ドッグ（ハルストレム）』、それにホラー映画からも『たたり（ワイズ）』を挙げることでジャンルを幅広くして、邦画だと旧作で、『ぼんち（市川）』『マタンゴ（本多）』と幅広くしてから、近作の『岬の兄妹

（片山）』『空白（吉田）』『恋人たち（橋口）』『37セカンズ（HIKARI）』を挙げたくなる、のだが、そこは年の功、ごくふつうの日本の社会人として、まわりの方々と和やかに過ごしたいですわという気持ちが強く、「こほほ、急に聞かれると出て来ないですわねえ」などと笑ったような笑ってないような顔をしている。じっさい、加齢による反射神経の衰えで、監督や題名がすぐ出て来なくなったので、まんざらぶりっこ（懐かしい死語）でもない。

場に居合わせたほかのみなさんとて、たぶん同じような気持ちで、あれは名作ですねと挙げるのは、『ひまわり（デ・シーカ）』『タイタニック（キャメロン）』であるとか『羅生門（黒澤）』『東京物語（小津）』『魔女の宅急便（宮崎）』であるとか、「いわゆる名作」である。「いわゆる名作」として挙がる映画に文句はないのであるが、気になることが一つ。

なぜ今村昌平監督の『赤い殺意』と『にっぽん昆虫記』も、ココに入らないのだろうか？なにも活動期後半の『楢山節考』『うなぎ』まで入らずとも、前半の『にあんちゃん』『豚と軍艦』『エロ事師たちより　人類学入門』、共同脚本の『キューポラのある街』は、ぜんぶがぜんぶ優秀であるのに、黒澤作品と小津作品の、「挙げられ方」の度合いに比して、あまりに少ないのは、ゆゆしき事態である。

社会人として名作映画の話を、さらりとするだけのシチュエーションであっても、いや、そんなシチュエーションであるからこそ、「いわゆる名作」を挙げるにとどめ、後は「アラ、風が強くなってまいりましたわね」などと各人の家に帰るなり、外出先に向かうなりするわけだから、そんな折に圧倒的名作の『赤い殺意』と『にっぽん昆虫記』がなぜ入らない？

そりゃあ、トッド・ブラウニング監督が1932年に撮った『怪物團《フリークス》』であるとか、ハーシェル・ゴードン・ルイス監督が1964年に撮って、現在は『マニアック2000』と、まるで各界でご活躍の方々に推しの映画を挙げていただき2000本を紹介したムック本みたいなタイトルに改題されている『2000人の狂人』なら、いかに映画史上に特筆される作品であろうとも、社会人の和やかな日常会話では挙がらなくても不自然ではないよ。でも、『赤い殺意』と『にっぽん昆虫記』は、好き嫌いは別にして、ぜったい外せないだろうが。

『赤い殺意』と『にっぽん昆虫記』を見たのは、高3時であった。絶好のタイミングだ。ローティーン時だったら、日本人の現実的なセックスシーン※に困惑したかもしれないし、十歳以下なら話の内容を理解できなかっただろう。

※同じセックスシーンでも白人が演っていると、少女漫画のラブシーン寄りに映る。

『赤い殺意』の主演は春川ますみ、西村晃、露口茂。

学校の教室、近所のスーパー、といった日常において、三人は、名前を言われただけではわからずとも、顔を見れば「みんなが知ってる」俳優だ。昭和後半の、夜の8時からの人気TVドラマに出ていた。『暴れん坊将軍』のおさい、『水戸黄門』の黄門様他※、『太陽にほえろ!』の山さん。

※西村は様々な番組へのゲスト出演が多かった。

『赤い殺意』は、TVで見かけるおなじみの顔の、別の顔を見た機会でもあった。

三人とも、TVで見慣れた顔よりぐっと若い顔をしている。これでもじゅうぶん「別の顔」であるが、『赤い殺意』は1964（昭39）年公開の映画なのである。まだ映画に活気があり、人々が映画館にちゃんと足を運んだ時代である。

この時代の見手《みて》は、見る映画を自分で選んで、お金を払っていた。

いっぽうお金を払わなくてもよいTVは、「みんな」に「和やか」に見てもらう必要がある。スポンサーの願いだ。見終わったら「アラ、風が強くなってまいりましたわね」とさらりと済む番組ほど「よし」とする基準で制作される。

お金を払う映画の場合は、さらりと見終わらせてしまっては「よし」ではない。見終わったら、風のことなんか、それこそ風で吹っ飛んで、いろんな思いが胸にわいてこそ、よしだ。たとえ「こんな映画、大嫌いだ」という思いであろうとも。

言うなれば『赤い殺意』公開のころ、日本の観客は、お金を払って選んだ映画とガチで対決して、スクリーンを見つめていたのである。

おさいや、黄門様や、山さんを演るとき、春川と西村と露口が、手を抜いていたとは言わない。だが、TV向きの演技をしていたとは言う。望まれた演技をするのがプロだから、その点では手を抜いてはいない。

創始期のTVドラマは、「家でも映画が見られる」であったが、しだいに、映画とは別のも

『赤い殺意』の
春川ますみ
『にっぽん昆虫記』の
左幸子
私の記憶にあるおふたりと全然ちがう…

のになっていった。「おい、ナントカさんにラインしといたか」「あ、忘れてた、今するね」などと、スマホの上で指を動かしながら見て、「おもしろかったわネ」と感想できるものに変わった。

　食器をかたづけながら足の爪を切りながらの見《み》手《て》に好印象を残せる演技を求められて（その目的のために手を抜くことなく応じて）、三人が演ったのが、『暴れん坊将軍』であり『水戸黄門』であり『太陽にほえろ！』である。

　しかし、昭和50年前後の、Japan as number one に上り詰めるまぎわの時代の、午後8時からのTV番組は、決して「バカな大衆が見るもの」ではなかった。午後9時からの2時間ドラマも。

　こうしたドラマは、弱者に提供されたものであったと、私は現在、思うのである。

　明日に心臓の大動脈手術や子宮切除手術を控えた人、教室で揶揄されたり会社で軽視されたりして辛い人、年老いた親の、老いによる狂気に痛めつけられている人、等々。

これほどまでに重い事情を抱えておらずとも、たんにふだんの、ゴミ出しやジムのロッカーでは明かさないようにしている、「ちょっとした内情」において、それぞれに疲労した人々。

レベルの差はあれども、疲れた弱者なのである。内情を、ゴミ出しやジムのロッカーで明かすこと能《あた》わずな弱者は、明かすこと能わずであれば、せめて忘れたい。夜の8時からの（お茶の間向き）時代劇や刑事物や、夜の9時からの、犯人がすぐにわかるサスペンスを見ているあいだくらいは。

「ぼーっと眺めていれば済む時間」を「束の間与えられ」て、そのあと電気を消して、脳も内臓も筋肉も寝てしまうのだ。

そんな目的に応えていた、おさいや黄門様や山さんの演技を、手を抜いていたなどとだれも言えまい。ただ、ちがうのである。『赤い殺意』の演技とは。

まだ昭和39年だった時代に公開されたこの映画で、三人は、後年のTVドラマとは正反対の演技を見せる。

この迫力を見せられて、『ジャパン・アズ・ナンバーワン』がベストセラーになるにはまだ遠い昭和39年の、若く、がつがつした体力のあった日本人は、そのまま受け止めてエンジョイできたのであろう。

『赤い殺意』『にっぽん昆虫記』を私が見たのは昭和52年の、『ジャパン・アズ・ナンバーワン』発売の2年前であったが、社会を知らぬ高校生であったことで、体力とがつがつした感受性が、昭和39年の日本人だったのではなかろうか。この二作に、まるで打擲されるがごとく魅入られた、いや、魅入られることができた。

『赤い殺意』『にっぽん昆虫記』、それに『にあんちゃん』『豚と軍艦』の、今村昌平前半期の映画は、見手《みて》を殴りつけるかの、ガツンとくる映画であり、この点では、『羅生門』と『東京物語』よりずっと勝る。

『赤い殺意』の白眉ともいえる、鉄道自殺（未遂）シーンには、春川ますみの強烈な笑いと哀しみが凝縮されており、この映画は、経済成長の頂上からじりじり落ちてきた令和5年の日本においてさえ、胸に突き刺さるはずである。

むっちりとした肉づき。とろけるような白い肌。アイラインの濃い目。「ね、ね、イじゃない、頼むよ」と男が言えば、いかにも拒まれそうにないルックスの春川ますみは、だがしかし、その鼻孔のふくらみに、濃いアイラインをほどこした目尻に、おちょぼ口の口角に、見手をヒヤッとさせるような冷たさが潜んでおり（潜んでいるような演技をしており）、オープニングからラストまでシビれさせてくれる。

『赤い殺意』と同じ時代に公開された『にっぽん昆虫記』の主演は左幸子だ。

「昭和の名女優と言えば、そうねえ」と、ゴミ出しの折の、さらりとした日常会話において

（「いわゆる美人女優」は除いて）、杉村春子、草笛光子、樹木希林、山岡久乃などとともに名前が挙がってしかるべき女優である。

にもかかわらず、なぜ、令和5年どころか平成にも、名前が出なくなったのか。

ある一作だけに出て、それがとてもよかった俳優というのであれば（別名、一発屋）、しかたないと納得もするが、彼女は、戦後の日本映画の全盛期に、数多く出演しているのである。芦川いづみ、若山セツ子、北林谷栄、佐々木すみ江、など、主演ではないにせよ、脇で出て、令和の今でも「実によかった（よい）ねえ」と口の端にのぼるのに（むろん、これらの人々に文句はないどころか大いに同意）、左幸子の忘れられ方は、いったいぜんたいどーゆーこと!?

左幸子は、彼女が画面に登場するだけで、ハッと注目してしまう女優であった。

なぜ注目するか。そのわけは、顔の造作の整い方でも、肉体の蠱惑でも、耳に心地よい声でもなく、「美人っていうんじゃないけどカワイイんだよね」的な愛嬌でもなく、NHK朝ドラに抜擢されそうな健康で清潔な明朗さでもない。……。そうだな、発売されて間もない電気洗濯機のインパクトの女優、だったのだろうな。存在にインパクトがあるのだよ。

たとえば『おふくろ（久松）』という、どうやらやっつけ仕事の脚本で撮ったような映画。見終わっても「ハ？　このお兄さん役が突然死ぬ、死因はなんなの？」という腑に落ちない心地だけが残る出来ばえなのだが、にもかかわらず、脇役で出ている左幸子は、モノクロなのに色鮮やかに輝く。梶井基次郎の短編小説が檸檬の色を読み手に見せるように。

そんな左が、映画の出来ばえが『おふくろ』とは雲泥の差の『にっぽん昆虫記』では、主演をしているのだ。塩素で脳味噌をブリーチしても忘れられないくらいの、圧倒的存在感である。
こんな左に、春川ますみがからみ、小沢昭一がからみ、殿山泰司がからみ、北村和夫がからみ、北林谷栄がからみ、それを、姫田真佐久が撮影しているのである。家系ラーメンを肴にボウモアをダブルストレートで飲むようなガツンガツンな映画である。ヘドが出る感想になる人もいようが、見ておくべき傑作なのは、まちがいないと最終章で断言する。

ヒトが笑う強さは、笑いと伴走する哀しみの強さに比例する。『赤い殺意』『にっぽん昆虫記』などの今村昌平の前半期作品はすべて、哀しみと滑稽の爆弾である。きれいな衣服も、たくましい正義漢も、艶めきの閨房も出て来ない。何らの飾りもない、むきだしの日常である。
なるほど！　だからだ。だから、日常で映画が話題になっても、今村昌平作品は挙がらないのだ。社会人の日常会話では、日常をむきだしにしないことが、コツだからね。

日常の眠りを覚ます昌平節
　たった二本で夜も寝られず
（注・本歌（本狂歌？）＝「泰平の眠りを覚ます上喜撰〈蒸気船〉たった四盃で夜も寝られず」）

初出
集英社『青春と読書』２０２１年10月号～２０２３年5月号
単行本化にあたり加筆修正を行いました。

姫野カオルコ

作家。姫野嘉兵衛の表記もあり
(「嘉兵衛」の読みはカオルコ)。
1958年滋賀県甲賀市生れ。
『昭和の犬』で第150回直木賞を受賞。
『彼女は頭が悪いから』で第32回柴田錬三郎賞を受賞。
他の著書に『ツ、イ、ラ、ク』『結婚は人生の墓場か？』
『リアル・シンデレラ』『謎の毒親』
『青春とは、』『悪口と幸せ』などがある。

｜装丁｜
アルビレオ

｜装画・挿絵｜
もんでんあきこ

顔《がん》面《めん》放《ほう》談《だん》

2023年9月10日　第1刷発行

著　者　姫野《ひめの》カオルコ
発行者　樋口尚也
発行所　株式会社 集英社
〒101-8050 東京都千代田区一ツ橋2-5-10
電話　編集部　03-3230-6143
読者係　03-3230-6080
販売部　03-3230-6393（書店専用）
印刷所　大日本印刷株式会社
製本所　加藤製本株式会社

ISBN978-4-08-788088-5　C0095

集英社文庫　姫野カオルコの本

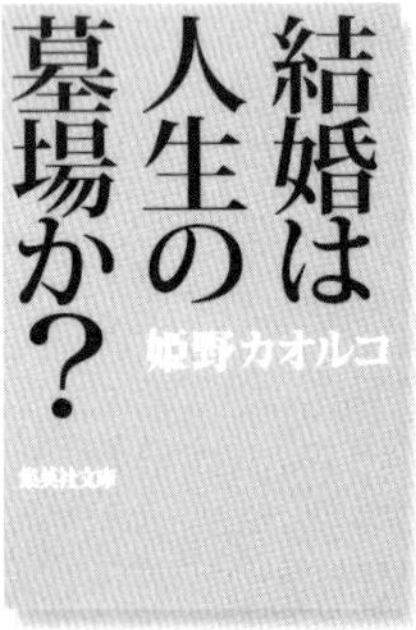

ひと呼んで
ミツコ
姫野カオルコ
集英社文庫

姫野カオルコ
サイケ
集英社文庫

すべての女は瘦せすぎである
姫野カオルコ
Himeno Kaoruko
集英社文庫

姫野カオルコ
Kaoruko Himeno
集英社文庫

愛はひとり
姫野カオルコ
Kaoruko Himeno
集英社文庫

みんな、どうして結婚してゆくのだろう
姫野カオルコ
Kaoruko Himeno
集英社文庫